novum **pro**

AF150814

BIRGIT CLEMENS

Warmer Regen im Winter

novum pro

Dieses Buch ist auch als
e-book
erhältlich.

Bibliografische Information
der Deutschen Nationalbibliothek:

Die Deutsche Nationalbibliothek
verzeichnet diese Publikation in
der Deutschen Nationalbibliografie.
Detaillierte bibliografische Daten
sind im Internet über
http://www.d-nb.de abrufbar.

Alle Rechte der Verbreitung,
auch durch Film, Funk und Fernsehen,
fotomechanische Wiedergabe,
Tonträger, elektronische Datenträger
und auszugsweisen Nachdruck,
sind vorbehalten.

Gedruckt in der Europäischen Union
auf umweltfreundlichem, chlor- und
säurefrei gebleichtem Papier.

© 2025 novum publishing gmbh
Rathausgasse 73, A-7311 Neckenmarkt
office@novumverlag.com

ISBN 978-3-7116-0384-5
Lektorat: Ilana Baden
Umschlagfoto:
Ruslan Sitarchuk I Dreamstime.com
Umschlaggestaltung, Layout & Satz:
novum Verlag
Autorenfoto:
studioline Photostudios GmbH, Kiel

www.novumverlag.com

Druckprodukt mit finanziellem
Klimabeitrag
ClimatePartner.com/16547-2311-1001

Inhaltsverzeichnis

Kapitel 1

Endlich Freizeit! Bettina und Wolfgang haben ihn lange ersehnt, den Urlaub am Meer. Sie lieben ihre Arbeit in Kassel, aber nachdem ihre Töchter Michèle und Hannah vor drei Jahren flügge geworden sind, haben sie ihre Firma in den Mittelpunkt ihres Lebens gestellt.

Ihr Betrieb ist mit sechs Mitarbeitern relativ klein; dennoch bleibt für Bettina und Wolfgang viel Arbeit zu verrichten. Ihre Tage sind meistens sehr lang, selten verlassen sie ihr Büro vor 20 Uhr.

Vor wenigen Monaten hat Wolfgang auf Drängen seiner Frau seine langjährige Sekretärin Sarah unter dem Vorwand entlassen, Bettina wolle nun selbst diese Arbeit übernehmen. Ihren Mann davon zu überzeugen, hatte Bettina viel Geschick abverlangt, doch sie war nicht nur sehr sicher, sondern auch fest entschlossen, eine Affäre zwischen Wolfgang und Sarah entlarvt zu haben, nachdem beide zusammen drei Tage auf einer Messe in Hannover ausgestellt hatten. Den Beweis dafür konnte sie indes nie erbringen.

Es war vermutlich eine große Portion Eifersucht im Spiel, denn Sarah war eine sehr attraktive Frau. Ihr leicht gewelltes blondes Haar fiel locker auf ihre Schultern und umrahmte dabei ihr ebenmäßiges Gesicht mit den großen blaugrünen Augen und dem verlockend geschminkten Mund. Niemand sah ihr die bereits erreichten siebenundfünfzig Lebensjahre an.

Damit bildete sie rein äußerlich betrachtet einen Gegenpart zu Bettina, die mit ihren fünfundfünfzig Jahren zwar nahezu gleichaltrig war, aber mit ihrem selbst gefärbten knallroten Kurzhaarschnitt, der meistens nach Friseur, Pflegeshampoo und Bürste schrie, eher sportlich daherkam. Vermutlich hatten Bettinas Lippen nie einen Lippenstift, nicht einmal einen Pflegestift gesehen. Das Ganze paarte sie gerne mit Oversize-Kleidung, genau genommen mit einem nichtssagenden Schlabberlook, was die Frage offenließ, ob Bettina einfach ungepflegt war oder bewusst ein Statement setzen wollte.

Wolfgang hatte dieses Misstrauen seiner Frau verletzt, aus seiner Sicht hatte es dafür keinen Grund gegeben. Andererseits hatte ihm der Gedanke gefallen, dass Bettina um ihn zu kämpfen schien. Er erkannte, dass er Bettina ein wenig aus dem Blickfeld verloren und im Laufe der Jahre vergessen hatte, sie als Frau zu betrachten. Sie versorgte den Haushalt gut, die Küche war immer aufgeräumt, seine Oberhemden stets gebügelt. Alles lief scheinbar bestens.

Bettina selbst kam gar nicht auf den Gedanken, sie könne eifersüchtig sein. Sie war der Meinung, nur einer inneren Eingebung gefolgt zu sein. Weibliche Intuition oder Verlustängste? Beides führt zuweilen auf falsche Fährten.

Mit Sarahs Kündigung schien die Sache geklärt. Doch Bettina sollte sich täuschen, denn bei Sarah entwickelte sich zunehmend eine Form von Rachegelüsten, fand sie doch in Kassel und Umgebung keinen adäquaten Job mit so viel Eigenständigkeit, Verantwortung und so guter Bezahlung wie bei Wolfgang. Sie hasste Großraumbüros, wollte doch keine bedeutungslose Nummer in einem großen Betrieb sein.

Es ging ihr nicht gut, seit ihr gekündigt worden war. Ihr fehlten die freundliche, familiäre Atmosphäre, der Respekt und die Anerkennung ihrer Vorgesetzten.

Sie mochte Wolfgang sehr, verehrte ihn förmlich, aber ihn lieben? Nein, das tat sie wahrlich nicht!

Deshalb war ihr auch nie in den Sinn gekommen, Bettina könne eifersüchtig sein.

Eigentlich verschwendete Sarah keine Gedanken an Bettina, da diese nie im Betrieb präsent war und außerdem in ihrer eigenen Welt zu leben schien.

Wenn Wolfgang sich auch in einem gewissen Maße ärgerte, Sarah als kompetente Arbeitskraft verloren zu haben, so war er rein wirtschaftlich betrachtet sogar froh darüber, auf diese Weise seine finanzielle Lage begünstigen zu können.

Die Geschäfte liefen erträglich, doch nachdem der russische Absatzmarkt für ihn entfallen war, wurde seine wirtschaftliche Lage immer problematischer, und neue Absatzmärkte zu rekrutieren, erwies sich in der derzeitigen Situation als extrem schwierig.

Wolfgangs familiäre Verbindungen nach Rostow am Don hatten ihm im Laufe der Jahre zu einem vermeintlich stabilen und überaus profitablen Absatzmarkt verholfen.

In regelmäßigen Abständen hatten Bettina und er berufliche Anlässe für Besuche bei ihren Verwandten in Rostow genutzt. Dazu gehörten Spaziergänge in der Bol'shaya Sadovaya Straße, dem „Broadway" von Rostow, mit dem Rathaus und vielen weiteren beachtlichen Gebäuden. Daneben luden interessante Geschäfte zum Kaufen ein. Dort zu flanieren, war stets Bettinas Lieblingsbeschäftigung gewesen, während Wolfgang sich in der Zeit häufig mit wichtigen Kunden zum Abendessen getroffen hatte.

Schöne Erinnerungen an wunderbare Reisen und zauberhafte Erlebnisse, angenehme Erinnerungen an für sie wirtschaftlich florierende Zeiten.

Neben Sarah mussten sie zwei weitere Mitarbeiter aus der Produktion entlassen, da die Auftragslage deren Beschäftigung nicht mehr zuließ.

Es stand zwar noch keine Insolvenz im Raum, doch ihr finanzielles Polster, das sie sich im Laufe der letzten fünfunddreißig Jahre nicht zuletzt durch Sparsamkeit zugelegt hatten, schmolz sichtlich dahin.

Aufgrund der allgemeinen Rezession in Europa und damit auch in Deutschland war es ein schlechter Zeitpunkt für einen möglichen Verkauf des Geschäftes. So beschloss Wolfgang, die Produktion von Regalwänden und Schränken für geschäftliche Zwecke herunterzufahren und sich stattdessen stärker auf die Ausgestaltung von Geschäftsräumen auf innenarchitektonischer Basis zu spezialisieren, um dann in einigen Jahren in den Ruhestand gehen zu können.

Nach einer Tischlerlehre hatte Wolfgang in jungen Jahren Innenarchitektur studiert, weil sein Vater es partout so wollte. Wenngleich Wolfgang das Studium auch nach sechs Semestern abgebrochen hatte, so konnte er doch in seinem späteren Geschäft durchaus davon profitieren.

Getreu dem Motto „Pläne braucht der Mensch" hatte Wolfgang Bettinas und sein Leben von vorne bis hinten durchgeplant. Bettina liebte ihn dafür und war selbst nach sechsundzwanzig Ehejahren noch voller Bewunderung für ihren gutaussehenden und erfolgreichen Mann. Sie folgte ihm gern in seinen Entscheidungen. Von seinem nahenden Ruhestand erhoffte sie sich mehr Aufmerksamkeit für sie als Frau und Ehefrau, denn die emotionale Nähe war im Laufe der Jahre auf der Strecke geblieben. Hatte Wolfgang früher schöne Dessous an ihr geliebt, die er ihr sogar selbst geschenkt hatte, so blieben selbige nun schon seit Längerem ohne Wirkung. Wolfgang nahm sie gar nicht mehr wahr.

Hier sah Bettina plötzlich Handlungsbedarf und entwickelte schon so manche Idee, ihr Eheleben zu bereichern, vor allem angesichts der hoffentlich gerade abgewendeten Affäre ihres Mannes mit Sarah. Zu diesem Plan gehörte auch, dass sie beide nach nunmehr drei Jahren Umgestaltung der Firma für drei Wochen die Verantwortung ihrem Mitarbeiter Knut übergeben wollten. Knut gehörte gefühlt zum Inventar des Hauses, arbeitete er doch schon dreiundzwanzig Jahre für Wolfgang und war somit in alle Prozesse eingeweiht und daran gewöhnt, selbstständig zu arbeiten.

Als Zeichen der Wertschätzung und des Vertrauens hatte Wolfgang ihm anlässlich seines zwanzigsten Dienstjubiläums offiziell Prokura erteilt. Nach der Erhöhung zum Prokuristen und dem Eintrag ins Handelsregister war er nun auch zu gerichtlichen und außergerichtlichen Geschäften und Rechtshandlungen berechtigt.

Kapitel 2

Es ist 6 Uhr, der Wecker holt sie aus ihrem Tiefschlaf:
Urlaub, endlich Urlaub.

Bettina hüpft in ihre Küche, drückt auf den Kopf der Kaffeemaschine, um dann im Bad zu verschwinden. Heiße Dusche, kalte Dusche; erfrischt geht sie nur mit einem Bademantel bekleidet zurück in die Küche, um sowohl das Frühstück als auch die Lunchpakete für die Pausen auf ihrem Weg nach Rügen vorzubereiten.

Wolfgang liebt eher die raue Nordsee: Ebbe und Flut, kräftige Westwinde, leichten Regen mit Sturm, dazu eine Baseballkappe und eine wasserdichte Jacke – für ihn ein absoluter Hochgenuss. SPO, St. Peter-Ording: Strand so weit man schaut, etwa zwölf Kilometer lang mit feinkörnigem Sand und von einer unvorstellbaren Breite. Bei Ebbe laden die vorgelagerten Wattflächen zum Erfrischen und Entdecken einer einzigartigen Flora und Fauna ein. Das Watt lebt!

Doch Wolfgangs Argumente konnten Bettina dieses Mal nicht überzeugen. Das liegt vermutlich an ihrer Oma Erna, die ihr ganzes Leben auf Rügen verbracht hat. Jeden Sommer hatte Bettina als Kind ihre Ferien bei Oma Erna verbringen dürfen. Rügen – das ist Oma, Oma – das ist Rügen.

Während Wolfgang noch sein spärliches Haar nach dem Duschen sortiert und dem Bart den letzten Schliff gibt, zieht Bettina ihre neue Jeans mit der passend gestreiften Bluse an, die sie eigens für diesen Urlaub erstanden hat. Sie betitelt das Outfit als ihre persönliche Urlaubsvorbereitung. Es war tatsächlich eine gute Entscheidung, weil diese neue Jeans wie auch die Bluse weder ausgeblichen noch verwaschen sind und sogar ihrer tatsächlichen Konfektionsgröße entsprechen.

Noch schnell die Oberbetten und die Kopfkissen über das Balkongeländer, die Laken glatt gestrichen und die Nachtwäsche in den Wäschekorb.

Bevor Wolfgang sich komplett angekleidet hat, ist das Schlafzimmer in Ordnung und alle Fenster abreisebereit verschlossen.

Um ihrer Vorfreude Ausdruck zu verleihen, versucht Bettina, ihren Mann liebevoll in den Arm zu nehmen, und Wolfgang lässt es zu. Zärtlich flüstert sie ihm ins Ohr, wie sehr sie sich darüber freue, dass er Rügen zugestimmt habe. Leicht steif und scheinbar außer Übung hält Wolfgang still – vermutlich hat er gar keine Wahl um des lieben Friedens willen.

Genussvoll, wenn auch bereits ein wenig gehetzt, trinkt Bettina ihre zweite Tasse Kaffee aus, während Wolfgang bedächtig seinen Rooibos-Vanille-Tee, mit etwas Süßstoff gezuckert, schlürft – sein Ritual eben. Während eines einmonatigen Praktikums in Tokio hat er gelernt, Tee richtig zu genießen. Wenn er des Rituals wegen belächelt wird – und das geschieht immer wieder –, dann lächelt er gekonnt stoisch und erklärt: „Meine Frau macht für ihre Entspannung Yoga im Garten, ich trinke dafür einfach Tee." Dem etwas hinzuzufügen, wagt kaum jemand.

Die Idylle wird plötzlich durch den schrillen Ton des Telefons gestört. „Lass es doch klingeln, Liebling, wir sind doch fast schon ,on the road' nach Rügen!"

Doch wieder und wieder das schrille Klingeln des Festnetzes. Bettina beschleicht plötzlich das Gefühl, es müsse sich doch um etwas Wichtiges handeln.

Ihre Töchter – ist ihnen etwas zugestoßen?

Brauchen sie Hilfe?

Hat Michèle vielleicht ein Problem?

Gestern ging es ihr gar nicht gut. Sollte es doch eine Blinddarmentzündung sein?

Ist sie möglicherweise in die Klinik gekommen?

Oder Hannah? Sie ist immer im Stress, läuft stets auf Hochtouren. Ist sie eventuell in der Eile die Treppe hinuntergestürzt wie Bettina selbst vor zwei Jahren? In einem Augenblick der Unaufmerksamkeit lag sie mit gebrochenem Unterschenkel plötzlich am Fuße der Treppe – völlig hilflos, wie sie es grundsätzlich gar nicht gut ertragen kann.

In Sekundenschnelle schießen Bettina die Gedanken wie kleine Blitze durch den Kopf. Offensichtlich ist es auch Wolfgang nicht ganz geheuer, und er entschließt sich, das Telefongespräch doch anzunehmen.

Dabei erkennt er, dass es sich um die Firmennummer handelt. „Ja, bitte? Knut, du??"

Alle Farbe weicht aus Wolfgangs Gesicht und Bettina ahnt Übles. „Bettina, wir fahren nach Rügen – aber nicht jetzt, nicht heute! Schnell, zieh dich an, wir müssen in die Firma", stößt er gepresst hervor.

In Windeseile erreichen sie ihre Firmenräume in der Niedervellmarer Straße, wo Knut sie bereits erwartet.

Mit ihnen treffen auch zwei Einsatzwagen der Polizei ein. Aus dem ersten Wagen steigen zwei Personen im weißen Ganzkörperanzug, die Spurensicherung, aus dem anderen ein Polizist in Uniform und ein Kommissar in Zivilkleidung. Welch ein Aufgebot!

Bettina spürt einen Hauch von Übelkeit und nahender Ohnmacht. Ihre Firma, Wolfgangs „Baby" – wer hat es gewagt, ihr Schaden zuzufügen?

Bettina und Wolfgang eilen zu ihren Büroräumen, dürfen aber nur einen Blick hineinwerfen, damit mögliche Spuren nicht verfälscht werden. Vorschrift!

Blankes Entsetzen, als sie in ihr persönliches Büro schauen: der Tresor geöffnet und offensichtlich leer gefegt, auf dem Boden der Inhalt sämtlicher Schubladen – Stifte, Akten, Ordner …

Auf den Schreibtischen liegt nichts mehr, kein Locher, kein Stempel, nichts. Wie heißt der Hurrikan, der diesen Überfall verursacht hat? Wer hatte ein Interesse daran?

Wolfgang steht wie angewurzelt vor dem Chaos, während Bettina die Tränen über die Wangen laufen. Sie ist nur froh, dass weder Knut noch andere Mitarbeiter verletzt worden sind.

Während die Spusi sofort ihre Arbeit aufnimmt, beginnt der Kommissar mit der Sondierung des Tatortes. Wurde ein Fenster eingeschlagen oder die Eingangstür beschädigt? War das Büro möglicherweise unverschlossen? War es etwa einer der Mitarbeiter? Wer ist im Besitz eines Büroschlüssels und hatte damit unauffällig Zugang zu den Räumen? Und wenn ja, warum? Gibt es einen Hinweis auf die Tatzeit?

Der Computer auf Bettinas Schreibtisch scheint unberührt. Er kann sicher viele Fragen beantworten; deshalb beschlagnahmt der Kommissar ihn, um ihn in seinem Dienstbüro auszuwerten. Schließlich kommt die Frage, die für weitere Übelkeit bei Wolfgang, Bettina und auch bei Knut sorgt: „Wo waren Sie gestern zwischen 18 Uhr und 8 Uhr heute früh?"

Wolfgang und Bettina hatten am Abend zuvor als letzte das Büro verlassen und abgeschlossen, nachdem Knut bereits gut instruiert nach Hause gegangen war. Er hatte es eilig, da seine Ex-Frau überraschend gekommen war. Wahrscheinlich war sie wieder klamm und brauchte Geld. Wenn das der Fall war, tauchte sie immer bei Knut auf, der ihr, gutmütig wie er war, stets aus der Patsche half. Es ärgerte ihn zwar selbst, aber ihre Bitte abzulehnen, vermochte er auch nicht.

Sowohl Bettina und Wolfgang als auch Knut sind nach der Befragung emotional tief bewegt. Es macht sie traurig und wütend gleichzeitig, verdächtigt zu werden, etwas mit dem Überfall zu tun zu haben.

Der Kommissar zeigt sich aber doch sehr einfühlsam und verweist im freundlichen Ton darauf, dass er die Fragen aus dienstlichen Gründen stellen müsse – reine Routine.

Als die Spusi schließlich ihre Arbeit beendet hat, dürfen Bettina und Wolfgang kurz die Räume betreten. Wolfgang lässt sich auf seinen Bürostuhl fallen und bleibt wie versteinert sitzen.

Sein Blick ist starr, als sei er gedanklich in eine andere Welt abgetaucht, um diesem Anblick zu entfliehen.

Doch als er plötzlich ruckartig seine linke Hand geballt auf seine Brust drückt, greift Bettina eilig ihr Handy und ruft ihren Hausarzt an, der in derselben Straße eine internistische Praxis betreibt. Wohl im Bilde, was Wolfgangs gesundheitlichen Probleme betrifft, versorgt er ihn nur kurze Zeit später mit einer stärkenden Infusion. Nach zehn Minuten geht es ihm sichtbar besser. Dennoch kann der Arzt nicht umhin, ihm mitzuteilen: „Wolfgang, du brauchst dringend Erholung, nicht irgendwann, sondern jetzt!"

Bettina versucht verkrampft, ihre Gedanken zu sortieren, als der Kommissar sie auffordert, in den Nebenraum zu gehen, um dem Anblick der Verwüstung zu entgehen.

In der Personalküche finden sie die notwendige Ruhe.

Blass hat Wolfgang auf einem bequemen Stuhl Platz genommen, ein Glas Wasser griffbereit vor sich. „Möchte jemand einen Tee? Schwarzen Tee, Pfefferminztee oder Rooibos?", fragt Bettina.

Bettina versucht es mit „business as usual", schaut dabei aber ängstlich auf ihren Mann, der ebenso wie sie vollkommen neben sich steht. Was hat der Übeltäter bloß gesucht? Geld, okay. Aber das fand er doch im Safe! Warum also das restliche Chaos? Man konnte doch kein weiteres Geld erwarten. Insider wissen außerdem, dass am Abend die Kasse im Safe verschwindet.

Hatte der Täter noch weitere Wertgegenstände oder gar Informationen gesucht?

War es womöglich Werksspionage? Ach, nein, das erscheint allen doch ein wenig hoch gegriffen. War es unter Umständen gar kein Insider?

Bettina und ihr Mann sind sich keiner Feinde bewusst und haben in der Vergangenheit auch niemanden übervorteilt.

Der Kommissar hofft nun, wichtige Informationen durch Bettinas Computer gewinnen zu können. Bettina versichert ihm, dass sie selbst akribisch die Buchführung digital erledige und alle geschäftlichen Belange auf ihrem Computer zu finden seien.

Leider müssen Bettina und Wolfgang dem Kommissar einen Hinweis auf einen möglichen Täter schuldig bleiben.

Eine Frage jedoch bereitet ihnen Kopfschmerzen: Der Safe hat ein Zahlenschloss.

Kannte der Täter die Zahlenkombination? Oder wer hat sie ausspioniert?

Gab es möglicherweise eine heimlich auf den Safe ausgerichtete Kamera?

Fragen kreisen durch ihre Köpfe, aber weit und breit sind keine Antworten in Sicht.

Knut, der ebenfalls immer noch tief getroffen, geradezu schockiert ist, wartet ungeduldig darauf, mit dem Aufräumen beginnen zu dürfen – für Bettina und Wolfgang, aber auch für seine eigene Seele will er so schnell wie möglich die gewohnte Normalität zurück.

Aber leider muss der Tatort noch versiegelt bleiben, bis der Computer ausgewertet ist und alle Ergebnisse der Spusi zusammengefasst worden sind. Schließlich ordnet der Kommissar an, weiterhin alle Büroräume unzugänglich zu belassen, bis sie wieder von Amts wegen geöffnet werden dürfen.

Bettina und Wolfgang suchen leicht verwirrt ihr Auto auf, in dem sich bereits die Koffer und weitere Utensilien für ihren Rügen-Urlaub befinden.

Bettina spürt einen Stich in ihrem Herzen, als sie die alte bunte Badetasche auf dem Rücksitz liegen sieht. Dahin ist er, der ersehnte Urlaub. Ach, Oma ...

Kapitel 3

Am nächsten Morgen frühstücken Bettina und Wolfgang mit bedrückten Mienen und Fragezeichen im Gesicht. Es müssen die Lunchpakete herhalten, denn im Kühlschrank herrscht gähnende Leere.

Eigentlich könnten sie auch saure Spreewaldgurken aus dem Keller essen, denn heute Morgen schmeckt ihnen nichts – und die liebevoll zubereiteten Brote für die Fahrt erst recht nicht. Mit jedem Bissen schlucken sie ein Stückchen Urlaubsfeeling, die Vorfreude auf Rügen, herunter.

Der Schock des vorherigen Abends sitzt noch immer tief.

Bettina versucht, wieder einen klaren Kopf zu bekommen, doch Wolfgang leidet wie ein geprügelter Hund.

Die gespenstische Stille zwischen ihnen wird jäh durch das Klingeln des Festnetzes unterbrochen. Beide zucken zusammen, als hätte jemand geschossen. Große Angst spiegelt sich in ihren Reaktionen wider.

Es ist der Kommissar, der sie bittet, auf das Revier zu kommen, um mit ihm über die Ergebnisse der bisherigen Untersuchungen zu sprechen.

Offensichtlich gibt es brauchbare Hinweise.

Schnell, von großer Ungeduld getrieben, fahren sie ins Kommissariat, wo sie zu ihrem großen Erstaunen erfahren, dass Bettinas PC manipuliert und viele Dateien gelöscht worden sind. Sie zu rekonstruieren, ist glücklicherweise für erfahrene Fachleute der Polizei kein Problem. Zum Glück, denn für die Spurensuche ist es von großer Bedeutung herauszufinden, welche Dateien mit welchen Inhalten gelöscht wurden, schließlich müssen diese für den oder die Täterin besonders relevant gewesen sein.

Zwei weitere Tage Geduld sind gefragt, dann werden die Rekonstruktionen erledigt sein.

Glücklicherweise kann Bettina schon erste Hinweise zu diesen Dokumenten geben, sie kann sogar einzelne Dateinamen benennen, betreffen sie doch in erster Linie den Bereich „Buchhaltung".

Es muss sich jemand zu schaffen gemacht haben, der fähig war, Passwörter zu knacken, oder der über das Passwort verfügte.

Nun wird erneut Knut intensiv befragt, aber auch seine Aussagen führen absolut nicht weiter.

Knut hat kein Motiv, Wolfgang und Bettina schon gar nicht.

Die drei beschließen, in den nächsten Biergarten zu fahren und dort eine kleine Mittagsmahlzeit einzunehmen. Es ist Mai und eigentlich haben zumindest Wolfgang und Bettina Urlaub – irgendwann auf Rügen, heute in Kassel.

Die Küche ist erstklassig für lokale Gerichte, aber richtig genießen können sie ihre „Kassler Rippchen" nicht, da hilft auch ein „Stöffsche", ein Ebbelwoi, nicht.

Gemeinsam beleuchten sie immer wieder die Geschehnisse und wälzen dabei die zentrale Frage: Wer kann das getan haben?

Plötzlich fällt es Bettina wie Schuppen von den Augen. Sie wagt kaum, ihren Verdacht zu äußern, ahnt sie doch, dass Wolfgang sie für diesen Verdacht verachten würde.

Ihre Gehirnzellen nehmen Fahrt auf: Waren ihre Vermutungen von einst doch nicht unbegründet gewesen?

Ein Wechselbad der Gefühle ergreift sie, als sie leise einen Namen ausspricht: Sarah. Wolfgang und Knut sind glücklicherweise so ins Gespräch vertieft, dass sie den Namen nicht hören. Bettina atmet auf!

Sarah hatte sich damals ungerecht behandelt gefühlt, als Wolfgang sie entlassen hatte. Sätze wie „Du wirst es noch bereuen!" waren durchaus gefallen.

Aber hatte sie denn noch einen Sicherheitsschlüssel für die Büroräume, einen Zweitschlüssel, von dem niemand wusste? Und konnte man ohne Weiteres einen Sicherheitsschlüssel nachfertigen lassen? Bettinas Gedanken zucken wie Blitze an einem Gewitterhimmel. Sie beschließt, im Briefverkehr, genauer im Rechnungsordner, nach einem solchen Auftrag zu suchen.

Bettina beißt sich an dieser Version fest, und als sie sich Richtung Toilette begibt, nutzt sie die Gelegenheit, den Kommissar anzurufen und ihm ihre Idee mitzuteilen. Er begrüßt diese Spur sehr und verspricht, sie weiterzuverfolgen.

Tatsächlich finden sie einen Auftrag für einen weiteren Sicherheitsschlüssel, der sogar vom Firmenkonto bezahlt worden war.

War es Sarahs Form der Rache?
War es Missgunst?
Wollte sie Bettinas Arbeit zerstören?
Oder wollte sie ihr unendlich viel Arbeit verschaffen?
Wollte sie eventuell sogar ihre Ehe belasten?

Während Bettina diese Fragen immer und immer wieder durchdenkt, macht sich bereits ein weiterer Kommissar auf den Weg zu Sarahs Wohnung.

Erstaunt öffnet sie die Tür und weist jeden Zusammenhang mit dem Einbruch vehement zurück. Bei der Frage nach ihrem Alibi für die Tatzeit bricht die Wut aus ihr heraus. Sie insistiert, berechtigt in die Büroräume eingedrungen zu sein, korrigiert sich aber sofort: Sie sei nicht unberechtigt eingedrungen. Der Kommissar wird hellhörig: Handelt es sich hier um einen Freud'schen Versprecher, der den wahren Gedanken ungewollt zutage bringt? War es nur ein Gedanke oder entsprach dieser gar der tatsächlichen Tat? In jedem Falle macht Sarah sich mit dieser Äußerung weiter verdächtig. Deshalb muss sie zur Überprüfung zunächst mit ins Kommissariat kommen. Sie schäumt schließlich vor Wut, als man ihre Fingerabdrücke nimmt.

Wie berechtigt diese Aktion war, zeigt sich umgehend, als die Fingerabdrücke auf dem PC mit den ihrigen abgeglichen werden.

Scheinbar erschöpft verharrt Sarah plötzlich in Sprachlosigkeit, vermutlich, weil sie das Ergebnis kennt. Es dauert nicht lange, und der Beweis ist erbracht: Auf dem PC und der Tastatur befinden sich Sarahs Fingerabdrücke. Da Bettina die Tastatur vor weniger als drei Monaten ausgetauscht hat, gibt es keine Zweifel mehr an Sarahs Beteiligung am Einbruch. Schließlich gesteht sie ihn tatsächlich.

Als der Kommissar ihnen diese Neuigkeit mitteilt, frohlockt Bettina trotz allen Ärgers, denn sie fühlt sich bestätigt. Wolfgang hingegen sucht augenblicklich die Toilette auf, wo er sich vor Entsetzen übergeben muss. Armer Wolfgang, dieser große, stattliche, stets über den Dingen stehende Mann, ein Fels in der Brandung, ist doch so sensibel, so zerbrechlich.

Niemals hätte er Sarah ein derartig schäbiges Verhalten zugetraut. Der Fall ist gelöst, die Absperrung entfernt, und Aufräumen ist das Gebot der Stunde. Rügen muss warten – bis irgendwann.

Kapitel 4

Wenn Bettina und Wolfgang auch in Firmenangelegenheiten an einem Strang ziehen, so hat der Einbruch bei ihnen doch Probleme offen zutage treten lassen. Bettina fühlt sich weiterhin klar bestätigt in ihren damaligen Vermutungen und wiederholt sie nur zu gerne immer wieder. Wolfgang hingegen hat mittlerweile nicht mehr die Kraft, ihr zu widersprechen. Alle Beteuerungen, mit Sarah kein Verhältnis gehabt zu haben, schlugen in der Vergangenheit fehl. Sie davon abzubringen, ist scheinbar unmöglich.

Die Entfremdung beider hat seit dem Einbruch rasant ihren Lauf genommen.

Innerhalb weniger Tage ist das Büro wiederhergestellt, allerdings ist es nur noch ein seelenloser Arbeitsraum, in dem jede Herzlichkeit verloren gegangen ist.

Bettina beschließt ohne jede Absprache mit ihrem Mann, das Wochenende bei ihrer Freundin Marie in Berlin zu verbringen, während sich Wolfgang zu Hause mit einer Kiste Bier eindeckt. Vielleicht schaut ja sein Nachbar Bruno vorbei …

Nach gründlicher Recherche der Fahrplanauskunft entscheidet sich Bettina für den ICE um 18.21 Uhr ab Kassel-Wilhelmshöhe. Nach nur drei Stunden und ohne umzusteigen, kommt sie in Berlin am Hauptbahnhof an. Perfekt! Die Coronapandemie hatte verhindert, dass Bettina diese gute Gelegenheit in den letzten Jahren wahrnehmen konnte. Und nur 55,90 Euro für eine Fahrt reißt auch kein Loch ins Portemonnaie.

Bettina freut sich: Marie ist eine eifrige Theatergängerin, bestimmt hat sie eine interessante Abendvorstellung in einem der zahlreichen Theater Berlins mit vorherigem Abendessen in einem netten Lokal geplant. Marie liebt es, Überraschungen zu machen. Und Bettina liebt es, überrascht zu werden.

Die beiden kennen sich schon seit Kindertagen, und ihre Freundschaft hat schon manch schwierige Situation überstanden. Es wird mit Sicherheit ein tolles, zweifellos fröhliches Wochenende werden, denn Marie hat es immer geschafft, Bettina ein Lächeln ins Gesicht zu zaubern. So manche drohende Depression hat Bettina dank Marie schon in der Anfangsphase überwunden.

Wolfgangs Wochenende sieht dagegen weniger kulturell geprägt aus. Nach Dienstschluss macht er noch einen Schlenker durch den Supermarkt, um sich mit allerlei Leckereien zu versorgen. Bettina hat es eingestellt, auch für Wolfgang Einkäufe zu erledigen, wie sie es früher getan hat. Ihr Argument: sie könne es ihm ohnehin nicht recht machen. Ja, selbst im Kühlschrank spürt man das Bröckeln ihrer Beziehung, ihre zunehmende Distanz. Seit sie nach Sarahs Kündigung im Betrieb mitarbeitet, ist sie zum Entschluss gekommen, nicht mehr sein Dienstmädchen sein zu wollen. Wolfgang kann diese Haltung so gar nicht verstehen, fühlt sich allein gelassen und ungeliebt.

Nach dem Supermarkteinkauf treffen sich Wolfgang und Knut im englischen Pub, das kürzlich neu eröffnet hat. Sie haben in letzter Zeit häufiger etwas gemeinsam unternommen, fühlen sich beide in ihren Sorgen verbrüdert.

Knuts Ex-Frau Luisa, mit der er neunzehn Jahre verheiratet war, war sehr stolz, als Knut zum Prokuristen ernannt wurde und damit verantwortungsvolle Aufgaben übertragen bekam. Schließlich konnte sie sich ihren Freundinnen gegenüber damit schmücken. Mit einer spürbaren Gehaltserhöhung war der neue Posten ebenfalls verbunden, was Luisa nicht nur sehr stolz machte, sondern ihr auch den einen oder anderen Besuch in Kassels Edelboutiquen erlaubte. Doch schon bald wurde sie quengelig, warf Knut permanent vor, er verbringe zu viel Zeit in der Firma und vernachlässige sie. Daraus wurde dann schließlich: „Das machst du absichtlich, nur um mich zu ärgern!"

Irgendwann war Knut es leid, ihr immer wieder zu versichern, dass seine Arbeit diesen Einsatz erforderte.

Luisa fühlte sich dadurch noch mehr im Recht und beschloss schließlich, ihre eigenen Wege zu gehen. Ohne Knut. Ihre Freundinnen sahen aus ihrer Distanz die Situation realistischer als Luisa. Sie sagten ihr wiederholt deutlich, dass jedes Wort, selbst wenn es in Luisas Ohren wie Kritik klingen mochte, aus Freundschaft zu ihr gesagt wurde: „Luisa, betrachte die Situation doch auch einmal aus der Sicht deines Mannes!" Doch Luisa war in ihren Emotionen gefangen und reichte schließlich die Scheidung ein.

Mittlerweile sind Knut und Wolfgang wahre Leidensgenossen geworden. Luisa hat einen neuen Freundeskreis gesucht, zu dem offensichtlich ein Gerald gehört, dem sie – glaubt man den Aussagen eines Nachbarn – seit einigen Wochen sehr nahestehen soll. Der Nachbar will sie in eindeutigen Situationen gesehen haben. Fraglich, ob man ihm tatsächlich Glauben schenken sollte.

Leider ist auch Bettina desinteressiert an ihrem Mann. Ein Gewittersturm braut sich über ihrem Ehehimmel zusammen.

Also was bleibt den beiden Ehemännern? Sie ertränken ihren Kummer im Pub mit irischem Whisky und essen dazu Fish and Chips.

Beide fühlen sich vom Schicksal bestraft, versuchen ihre Situation zu verstehen. Da ihnen das aber noch nicht wirklich gelingt, werden sie wohl noch oft in den Pub gehen müssen, bevor sie über Lösungen und Veränderungen nachdenken können.

Kapitel 5

Wie fast immer wacht Wolfgang am nächsten Tag mit leichten Kopfschmerzen auf und fühlt sich äußerst bedauernswert. Bettina ist sehr ordentlich und gibt den Dingen in ihrem Haus stets einen festen Platz. Völlig unberechtigt fragt er sich dennoch voller Selbstmitleid: „Wo hat Bettina bloß die Schmerztabletten aufbewahrt? Sicher hat sie sie an einen anderen Ort gelegt, damit ich sie suchen muss. Oder hat sie die Pillen nach Berlin mitgenommen, weil sie selbst über die Stränge schlagen will?"

Wie auch immer, sein Weg führt ihn statt zum Medikamentenschrank im Bad in die nächste Apotheke, wo er das erhoffte Mitleid gratis zu den Tabletten bekommt. Nun ist er vollends für das restliche Wochenende gewappnet.

Sein Nachbar Bruno hat angekündigt, heute Abend mit Grillwürsten auf der Terrasse zu erscheinen. Diese Grillparty ist relativ spontan entstanden: Zwei Männer, die ohne die scheinbar erzieherischen Versuche ihrer fürsorglichen Frauen à la „Die Wurst ist zu fett, denk doch mal an deine Galle, deine Leber, deinen Magen, deinen Cholesterinspiegel, trink nicht so viel Bier, das kannst du gar nicht vertragen" einfach nur einen gemütlichen Männerabend miteinander verbringen möchten.

Dieses Gemecker kann einem jedes Grillfest vermiesen, findet Wolfgang und beißt wenige Stunden später voller Genuss in seine zweite Schinkenwurst. Dazu trinkt er viel köstliches Bier. Was hat er außer den für ihn üblichen Magenbeschwerden und Bauchkrämpfen zu befürchten? Bettina sitzt vermutlich in Berlin in irgendeinem Theater. Außerdem liegt sein Schlafzimmer seit Kurzem im Erdgeschoss. Der Weg dorthin ist kurz und vertraut, sodass er sein Bett in jedem Falle finden wird; es sei denn, jemand erschießt ihn auf dem Weg dorthin. Welch' eine Vorstellung …

Wolfgang hat im Keller noch Steaks im Tiefkühler gefunden, die schon auf dem Grill brutzeln und noch einige Minuten benötigen. Deshalb verspeisen sie zunächst genüsslich ihre dritte Bratwurst, als plötzlich Knut mit seinem Mini-Chihuahua „Rambo" um die Ecke spaziert. Rambo hat den Duft von Grillwurst und Fleisch schon von Weitem wahrgenommen und Knut in die entsprechende Richtung gelotst.

Eigentlich liebt Rambo exquisite Speisen wie Lachs oder Hirsch, aber seit sein Frauchen Luisa häufig aushäusig ist, hat Knut sich seiner angenommen, und siehe da: Rambo hat sich an profanere Mahlzeiten gewöhnt und schätzt jedes Futter, das Knut ihm anbietet. Umso mehr dankt er jetzt herzlich für die knusprige Grillwurst, die sein Herrchen brüderlich mit ihm teilt.

Nachts um 3 Uhr liegen alle drei Männer mit runden Bäuchen und hohem Alkoholpegel fast bewegungslos in ihren zurückgeklappten Terrassenstühlen. Rambo hat den vierten Stuhl belegt und schläft entspannt auf einem weichen Kissen.

Drei Biere haben Wolfgang die erhoffte Entspannung gebracht, doch dann dreht sich sein Zustand in die für ihn falsche Richtung. Jeder weitere Schluck beflügelt seinen Schmerz. Er schätzt die Situation falsch ein, hofft auf gesteigertes Wohlbefinden und trinkt völlig unkontrolliert weiter. Knut und Bruno bemerken die verdrießliche Situation, sind aber machtlos und vertrauen darauf, dass Wolfgang bald erschöpft einschlafen wird.

Und so geschieht es tatsächlich. Bruno und Knut überlegen, ob sie Wolfgang ins Haus bringen oder ihn einfach seinen Rausch im Terrassenstuhl in der Grillecke ausschlafen lassen sollen.

Sie entscheiden sich, ihm ins Haus zu helfen und ihn der nächsten Schlafmöglichkeit, dem Sofa neben der Terrassentür, zu übergeben. Übergeben, das ist hier das Stichwort: Ein Eimer oder eine große Schüssel müssen her.

Mit vereinten Kräften bringen Knut und Bruno den abgestürzten Wolfgang auf kürzestem Wege zu dem mit blauem Samt bezogenen Sofa, decken ihn fürsorglich zu und platzieren zwei Kissen unter seinem Kopf. Neben das Kopfende stellt Bruno den grünen Eimer, den er hinter dem Gartenhäuschen gefunden hat, in der Hoffnung, dass Wolfgang ihn bei Bedarf auch finden wird.

Während dieser ganzen Aktion schnarcht Rambo auf seinem Kissen ungestört vor sich hin.

Bruno und Knut lehnen die Terrassentür an und verlassen durch den Garten das Grundstück, so, wie sie am frühen Abend gekommen sind. Es ist bereits nach 4 Uhr früh und die Sonne geht bildschön gefärbt im Osten auf.

Kapitel 6

Nur wenige Stunden später zwängt sich Bruno mit frischen Brötchen und einer Thermoskanne mit starkem Tee durch die kleine Öffnung im Zaun zwischen den beiden Grundstücken. Eine Idee aus früheren Tagen, um sich auf kurzem Wege besuchen zu können. Leise summend tritt Bruno auf Wolfgangs Terrasse mit der noch vom Abend angelehnten Terrassentür. Weitab der Straße hört man hier nur das Singen der Amseln. Bruno liebt diese fast kitschige Romantik, diese Ruhe, die jetzt über den nachbarschaftlichen Gärten hängt.

Wie jeden Samstag klingelt der Postbote an Wolfgangs Haustür und wundert sich, dass keine Geräusche aus dem Garten oder dem Haus zu hören sind. Bereitet heute niemand für ihn den Kaffee vor? Auf der Auffahrt steht doch Wolfgangs Auto! Plötzlich sieht er eine Person aus dem Nachbargarten in Richtung Terrassentür eilen, die um diese Zeit vermutlich schon geöffnet ist. Also ist doch jemand im Haus!

Was ist hier heute los? Jeden Samstag gibt es einen kurzen Plausch, eine Tasse Kaffee und ein Schnäpschen mit Wolfgang oder Bettina. Schade, heute sieht es nicht danach aus. Ach, der „Williams Christ" ohne Etikett ist doch so lecker. Na dann eben am nächsten Samstag.

Währenddessen rennt Bruno voller Entsetzen durch den Garten zurück zu seinem Haus. Er kann nicht fassen, was sich seinen Augen gerade geboten hat. Wie konnte das nur passieren?!

Bruno greift zu seinem Telefon, holt tief Luft und wählt 112: nicht ansprechbare männliche Person, vermutlich verletzt nach Sturz von der Kellertreppe. Noch schnell die Adresse und schon macht sich ein Rettungswagen des DRK auf den Weg. Wenig später fährt auch ein Notarzteinsatzfahrzeug mit dem Notarzt auf die Auffahrt.

Bruno lotst sie über die Terrasse ins Haus Richtung Kellertür. Am Fuße der Treppe liegt eine bewusstlose, offensichtlich verletzte Person: Wolfgang.

Der Notarzt wird sofort tätig und weist die Rettungssanitäter ein. Wolfgang lebt, aber welche inneren Verletzungen er sich bei seinem Sturz zugezogen hat, ist zunächst nicht feststellbar. Die Sanitäter stabilisieren seinen Hals und den Kopf mit einer Halskrause, verladen ihn auf ein Spineboard und bringen ihn die Treppe hinauf. Der Notarzt vermutet eine Verletzung der Halswirbelsäule. Wolfgang atmet schwach, noch immer ist er bewusstlos bei niedriger Herzfrequenz, sodass er im Rettungswagen Sauerstoff verabreicht bekommt.

Wird er den Transport überleben?

Bruno ist schockiert und kann der eingetroffenen Polizei nur wenige Informationen geben. Fest steht allerdings, dass die Kripo aktiv werden muss, da eine Fremdeinwirkung nicht ausgeschlossen werden kann.

Bruno bleibt jetzt nur noch die Aufgabe, Bettina ausfindig zu machen. Ihr Handy ist ausgeschaltet, niemand außer Wolfgang kennt den Namen oder die Adresse von Marie in Berlin.

Aber Bettina wird spätestens morgen, am Sonntag, zurückkommen, da sie am Montag wieder arbeiten muss. Es bleibt also vermutlich nichts anderes übrig, als zu warten.

Die Polizei kontrolliert noch die Liste der Anrufe auf dem Festnetz, aber es gibt keine eingegangene Nummer mit der Vorwahl 030. Wahrscheinlich hat Bettina ausschließlich ihr Handy zum Telefonieren genutzt, wenn sie überhaupt bei Wolfgang angerufen hat.

Bruno macht sich auf den Weg in die Klinik, wohlwissend, dass man ihm bezüglich Wolfgangs Verfassung keine Auskunft erteilen wird.

Dennoch will er in Wolfgangs Nähe sein, falls dieser seine Hilfe benötigt. Die Nachtwäsche und Waschutensilien soll allerdings Bettina herbeischaffen, spätestens morgen wird sie aus Berlin zurückkommen.

Nach zwanzig Minuten erreicht Bruno sein Ziel und findet glücklicherweise sofort eine Lücke auf dem klinikeigenen Parkplatz: 3,50 Euro pro Stunde findet Bruno zwar verdammt teuer, aber er hat keine innere Ruhe, weiter außerhalb einen kostenfreien Parkplatz zu suchen.

Schnellen Schrittes erreicht er die Notaufnahme, erhält aber lediglich die Auskunft, dass Wolfgang zurzeit noch stabilisiert werde.

Bruno fragt sich, warum er nicht einfach im Krankenhaus angerufen hat. Die Situation stresst ihn fürchterlich.

Während er auf dem Flur auf- und abläuft, unruhig wie ein Tiger im Käfig, kämpft Wolfgang um sein Leben. Die Sauerstoffzufuhr zeigt Erfolg, und er atmet wieder selbstständig. Behutsam wird er in den nächsten Untersuchungsraum geschoben, wo er bereits vom Personal erwartet wird. Alles geht sehr schnell, und man vergisst, die Tür zu verschließen, sodass Bruno Wortfetzen des Arztes aufnehmen kann.

Der Sinusrhythmus des Herzens, der Herzschlag, scheint Probleme zu bereiten. Ein durchgehender Ton, dann ein bestimmtes „Weg vom Tisch". Doch wenig später ein erneuter Herzalarm und eine erneute Reanimation. Nur scheint diese erfolglos zu sein, der durchgehende Ton bleibt. Wolfgang ist tot.

Die späteren Untersuchungen in der Pathologie werden ergeben, dass beim Sturz mehrere innere Verletzungen einen starken Blutverlust auslösten und nicht das Herz ursächlich zum Tode führte

Kapitel 7

Bettina entscheidet sich, bereits am Sonntagmorgen den ICE nach Kassel-Wilhelmshöhe zu nehmen.

Sie hat auf ein gemeinsames Frühstück mit Marie verzichtet, um ihr die Gelegenheit zu geben, noch einmal ins Bett zu hüpfen und ein paar der versäumten Stunden Schlaf nachzuholen.

Sie trinken auf die Schnelle eine sehr starke Tasse Kaffee, bis schließlich der Taxifahrer an der Tür klingelt.

Am Bahnhof angekommen, schaut Bettina auf Gleis 13 nach der Wagenfolge ihres Zuges. Zwischen der ersten und der zweiten Klasse befindet sich gewöhnlich das Bordrestaurant; so auch hier – im Bahnsteigbereich „C".

Eine Dame in Bahnuniform wartet dort bereits mit ihrem schwarzen Trolley, um nach Eintreffen des Zuges einzusteigen und ihre Schicht zu beginnen: ein unverkennbares Merkmal für die Position des Bordrestaurants.

Ein erlebnisreiches Himmelfahrtswochenende in Berlin geht für Bettina zu Ende. Sie hat das Großstadtleben in vollen Zügen genossen: KaDeWe, Theater des Westens, das Treiben am Alex und nicht zuletzt die Gespräche mit Marie bis in die Morgenstunden bei einem Glas Rotwein und Kerzenschein haben ihre Seele beflügelt.

Als der ICE am Bahnsteig 13 hält, platziert sich Bettina im Bordrestaurant sofort an einem Tisch für nur zwei Personen am Fenster, um einerseits Ruhe vor anderen Mitfahrern und andererseits genügend Stellfläche für ihr Gepäck zu haben.

Nach einem ausgiebigen Frühstück mit belegten Brötchen, Konfitüre und einer starken Tasse Kaffee lehnt sich Bettina zufrieden zurück und genießt die Fahrt. Drei Stunden später erreicht der Zug wohlbehalten den Kasseler Hauptbahnhof.

In Kassel angekommen verlässt Bettina beschwingt, doch gleichzeitig auch angespannt den Bahnhof und fährt mit einem Taxi auf direktem Wege nach Hause.

Sie ist dankbar, dass Wolfgang sich am Wochenende nicht gemeldet und sie damit nicht gestört hat. „Na ja, er ist ja schon groß, schon erwachsen. Er wird sicher nicht verhungert sein. Wahrscheinlich hat er das Alleinsein geradezu zelebriert und genossen. Wollte Bruno ihn nicht sogar besuchen?", mutmaßt sie.

Bruno ist ein sehr netter, liebenswürdiger Mann, ein stets verlässlicher Nachbar. Zusammen haben sie sicherlich ein spaßiges Wochenende verbracht.

Bettina hat sich darauf eingestellt, im Haus wieder Ordnung schaffen zu müssen, denn Wolfgang hat die Fähigkeit, in einem Raum in kürzester Zeit ein absolutes Chaos zu erzeugen. Oft schon war dieses Verhalten Anlass für Streitigkeiten zwischen ihnen, und so hat sie die Rückkehr aus Berlin bewusst auf Sonntagmittag gelegt. So kann sie in Ruhe ihren Koffer auspacken und im Haus für Ordnung sorgen, bevor sie am nächsten Tag wieder ins Büro geht.

Bettina bezahlt den Taxifahrer und beginnt, in ihrer Tasche zu wühlen. Immer das gleiche Problem mit diesen „Großraumhandtaschen": Alles rutscht auf den Boden der Tasche, und man findet seine Utensilien nur mit größter Mühe. Sie erinnert sich an eine Studie, nach der Frauen im Durchschnitt sechsundsiebzig Tage ihres Lebens damit verbringen, nach Gegenständen in ihren Handtaschen zu suchen. Wolfgang hatte ihr stets davon erzählt, wenn sie mal wieder fluchend auf der Suche nach ihrem Schlüssel vor der Haustür gestanden hatten.

Nachdem sie auch jetzt ihre Schlüssel partout nicht finden kann, beschließt sie augenblicklich, in der kommenden Woche eine neue Handtasche mit Unterteilung zu kaufen. Die Chance, darin auch kleinere Utensilien zu finden, sollte sich dadurch stark erhöhen. Außerdem könnte es sie disziplinieren, nur die für sie wichtigsten Gegenstände hineinzulegen: Lippenstift,

Kamm, Kugelschreiber, Notizblock, Handy und Portemonnaie. Vielleicht noch eine Packung Papiertaschentücher, aber das sollte dann doch wirklich ausreichen.

Sie geht schließlich um das Haus herum in den Garten, wo neben der Terrasse ein großer Blumentopf mit einem wunderschönen, kräftig blau blühenden Agapanthus, einer Schmucklilie, steht. Unter dem Topf haben sie vor Jahren schon einen Ersatzschlüssel deponiert.

Wolfgang ist offensichtlich nicht zu Hause, worüber Bettina geradezu froh ist. Vermutlich würde er ihre Laune umgehend dämpfen, wenn nicht sogar vernichten. Dieser Gedanke macht sie schon fast ein wenig traurig. Wann ist eigentlich ihre einstige Liebe verloren gegangen?

Sie öffnet die Tür, betritt das Haus und findet die Bestätigung für ihre negativen Erwartungen: Chaos in der Küche, Chaos im Wohnzimmer, Chaos auf der Terrasse. „Mensch, Wolfgang, wann wirst du endlich auch zu Hause erwachsen?", flucht Bettina innerlich.

In der Firma ist er so penibel, so aufgeräumt. Aber für das eigene Zuhause reicht seine Disziplin offensichtlich nicht.

Doch sie stellt sich die Frage: Lohnt es sich eigentlich, sich darüber zu echauffieren? Zumal sie nicht ernsthaft überrascht sein kann.

Bettina nimmt schließlich ihr Handy aus der Tasche, um Wolfgang anzurufen und sich zurückzumelden, wie sie es immer gemacht haben.

Ach, du liebe Güte, der Akku zeigt null Prozent. Damit kann sie nicht telefonieren. Also nimmt sie das Festnetz und wählt Wolfgangs Handynummer. Erstaunt nimmt sie das Handy-Klingelzeichen in unmittelbarer Nähe wahr.

Früher hatten sie immer darauf geachtet, dass ihre Handys funktionsfähig und aufgeladen waren, um für den anderen jederzeit erreichbar zu sein. Früher ...

Bettina seufzt und räumt in groben Zügen die Reste einer scheinbar durchzechten Nacht weg. Als sie den grünen Eimer neben
dem blauen Sofa sieht, ahnt sie, wie sehr sich Wolfgang wieder
betrunken hat.

Plötzlich sieht sie Bruno, wie er in seinem Garten sorgfältig die
verblühten Rosen entfernt. Schnell eilt sie zu ihm und begrüßt
ihn freudig.
   Bruno hingegen wirkt völlig in Gedanken versunken.
   Als er Bettina entdeckt, zuckt er regelrecht zusammen, um-
fasst ihre Schultern und schaut sie traurig an: „Bettina, es ist
etwas Schlimmes geschehen. Wolfgang ...“
   Mit aufgerissenen Augen blickt Bettina Bruno an: „Was ...?
Was ist mit Wolfgang?“
   „Bettina, es tut mir sehr leid. Wolfgang wird nicht wieder
nach Hause zurückkehren. Er hatte einen Unfall!“
   „Bruno, was ist los?! Was für ein Unfall? Wolfgangs Auto
steht doch vor dem Haus!“

Bruno bittet Bettina ins Haus und erzählt ihr im Detail, was
geschehen ist.

Völlig unter Schock starrt Bettina ins Leere, stocksteif, bis
schließlich die Tränen haltlos aus ihr herausbrechen. In Windeseile zucken die Gedanken in ihrem Kopf: „Das kommt bei der
verdammten Sauferei heraus! Das hat er jetzt davon!“
   Doch ihr erster Impuls wird sogleich überlagert von einem
Gedanken, der sie nicht mehr loslässt: „Und ich war nicht da,
als er gestorben ist. Als er mich am meisten gebraucht hat. Vielleicht hätte ich dieses Unglück verhindern können.“

Wie weggeputzt ist der Groll, der sich in den letzten Jahren aufge-
baut hat. Vor ihrem inneren Auge erscheint abseits jeder Realität
ein fiktiver Raum, in dem sich die Ereignisse der Vergangenheit,
der Gegenwart und der Zukunft vermengen, ja förmlich überschla-
gen. Que sera? Diese Frage raubt ihr schließlich das Bewusstsein.

Kapitel 8

In Bettinas Ehe hatte es schon viele Jahre keine Nähe, keine Zärtlichkeiten mehr gegeben. Jeder Versuch einer Annäherung war kläglich gescheitert, bis sie und Wolfgang sich beide schließlich in ihr eigenes Schneckenhaus zurückgezogen hatten, in dem Bewusstsein, dies sei ein Normalzustand, insbesondere im Hinblick auf ihr Alter.

Sie hatten vergessen, miteinander zu leben. Jeder hatte nur noch seine Aufgaben erfüllt.

Vielleicht hätte der einst geplante Urlaub auf Rügen, der wegen des Einbruchs nicht hatte stattfinden können, sie zu dem damaligen Zeitpunkt wieder ein wenig zusammenführen können. Doch sie hatten ihn verschoben, auf IRGENDWANN. Und damit hatten sie im Nachhinein auch ihre einstige Zuneigung auf IRGENDWANN verschoben. Doch jetzt war es zu spät, es gab kein IRGENDWANN mehr.

Bruno eilt zu Bettina, als er bemerkt, dass sie das Bewusstsein verloren hat. Er nimmt sie in den Arm, streichelt sie beruhigend und klopft behutsam auf ihre Wangen, bis sie wieder die Augen öffnet. Hat sie Bruno eben noch gewähren lassen, so richtet sie sich mit zunehmendem Bewusstsein ablehnend auf, bis sich ein neuer Tränenfluss über ihr Gesicht ergießt.

Bruno holt ihr eilig ein Glas Wasser und schlägt vor, sie in die Klinik zu begleiten, um in der Pathologie Abschied zu nehmen. Er teilt Bettina den mit dem zuständigen Arzt vereinbarten Termin mit; sie ist einverstanden.

Nach einiger Zeit fühlt sie sich imstande, mit Brunos Unterstützung den Weg zu gehen. Sie sucht noch eben ihr Badezimmer auf, wo sie versucht, das von Tränen gerötete Gesicht mit Make-up abzudecken. Für die Augen verwendet sie Tropfen, die die Netzhaut beruhigen. Äußerlich scheint sie auf diese Weise wiederhergestellt zu sein, doch der traurige, leere Blick bleibt ...

Plötzlich ruft sie wie in Trance: „Michèle, Hannah, ich muss die Mädchen informieren. Wie sie wohl reagieren werden? Sie lieben ihren Vater doch so sehr."

Bruno reicht ihr das Telefon, und Bettina informiert nacheinander ihre beiden Töchter, deren fassungsloses Schluchzen im ganzen Raum zu hören ist. Beide versprechen, gleich am nächsten Tag zu Bettina zu reisen, um sich als Familie gegenseitig in diesen schweren Zeiten zu unterstützen.

Mittlerweile ist es schon 14.30 Uhr, als sie in der Klinik ankommen. Bruno erfragt den Weg zur Pathologie und führt Bettina dorthin. Man erwartet sie bereits. Nach Beileidsbekundungen werden sie allerdings in einen anderen Raum neben der Pathologie geführt, wo man Wolfgang aufgebahrt hat. Ebenmäßig und entspannt, geradezu wie Marzipan, sieht Wolfgangs Gesichtshaut aus. Jemand hat seine Gesichtsverletzungen mit Make-up retuschiert, die Lippen zusammengeklebt und mit etwas Lippenstift versehen. Der restliche Körper ist mit einem weißen Laken bedeckt.

Ein friedliches Bild bietet sich Bettina, das letzte, welches ihr für immer im Gedächtnis bleiben wird.

Jeder Schmerz ist Wolfgang aus dem Gesicht gewichen, mit viel Fantasie könnte man sogar ein leichtes Lächeln, ein Abschiedslächeln, erkennen, als wolle er ihr sagen: „Sei nicht traurig, ich gehe ins Licht, ich werde erwartet. Jetzt geht es mir gut. Weine nicht um mich, denn ich habe die Schmerzen dieser Welt überwunden. Lebe du nun dein Leben, doch vergiss mich nicht."

Bettina streicht Wolfgang liebevoll über den Kopf und gibt seinem bereits erkalteten Körper einen Kuss auf die Wange: „Alles Gute auf deinem Weg, Wolfgang!"

Bettina und Bruno verlassen schweigend die Pathologie. Während Bettina auf dem Weg zum Ausgang überlegt, welche Schritte sie jetzt einleiten muss, kümmert sich Bruno um Wolfgangs persönliche Gegenstände, die im Souterrain des Krankenhauses abgeholt werden müssen.

Bruno erhält eine Auflistung der Kleidungsstücke und der übrigen Sachen, wie Ehering, Uhr, Brille, deren Erhalt er per Unterschrift bestätigt, sowie einen kliniküblichen blauen 120l-Hygienesack, in dem sich Wolfgangs Habseligkeiten befinden. Es wirkt sehr pietätlos auf Bruno und berührt ihn sehr. Am Ausgang trifft er auf Bettina, die ihrerseits mit Entsetzen den blauen Müllsack betrachtet.

Zu Hause angekommen, macht Bettina sich daran, die für das Bestattungsinstitut notwendigen Unterlagen herauszusuchen. Die Klinik hat auf Wunsch von Bettina das Institut Weidemann beauftragt, Wolfgangs Leichnam aus dem Krankenhaus abzuholen. Bettina weiß aus ihrem Bekanntenkreis, dass besonders die Frau des Bestatters über seelsorgerische Fähigkeiten verfügt und die Hinterbliebenen sehr einfühlsam begleitet. Bettina erwartet sie am Nachmittag um 17 Uhr, um zunächst alle Formalitäten zu erledigen, denn am folgenden Tag muss die Bestatterin Wolfgangs Ableben mit Heiratsurkunde und Totenschein beim Standesamt anzeigen.

Frau Weidemann erscheint pünktlich, und in Kürze sind Datum und Uhrzeit der Beisetzung festgelegt. Weitere Details werden im Trauergespräch mit dem zuständigen Pastor besprochen.

Bettina hat Wolfgangs Lieblingsanzug mit passendem Oberhemd, Krawatte und Socken vorbereitet. Frau Weidemann soll Wolfgang damit einkleiden, die handelsüblichen Sterbehemden gefallen Bettina so gar nicht. Da sie bereits in der Pathologie Abschied genommen hat, wird Wolfgangs Sarg geschlossen bleiben und auf dem Friedhof in Kassel als Erdbestattung beigesetzt werden.

Mit Akribie erledigt Bettina diese Aufgaben bis zur Gestaltung der Traueranzeige für die örtliche Zeitung.

Erst als der Pastor zum Trauergespräch kommt, überkommt sie erneut eine tiefe, allumfassende Traurigkeit. Die Anspannung, die sie seit ihrer Rückkehr aus Berlin empfunden hat, fällt nun völlig von ihr ab und weicht tiefer Trauer. In dem Gespräch mit dem Pastor steht keine Urkunde, keine Formalität im Fokus, sondern nur der Mensch Wolfgang mit seinen Stärken und Schwächen, mit seiner Ratio und seiner Seele. Schnell haben sie den Ablauf der Trauerfeier besprochen, denn Bettina hat genaue Vorstellungen, welche Lieder gesungen werden sollen und welcher Trauerspruch für Wolfgang passend ist. Unerwartet lange sprechen Bettina und der Pastor danach über Wolfgang, über ihr gemeinsames Leben. Schließlich zeigt sie sogar in ungewohnter Tiefgründigkeit ihr Verhältnis zur Institution Kirche und besonders zu ihrem persönlichen Glauben. Es wird deutlich, wie tief Bettina im Glauben verwurzelt ist, und der Pastor erkennt, dass es der Trauernden offensichtlich gelingt, Kraft daraus zu schöpfen. Wolfgang geht ins Licht ...

Kapitel 9

Am Tag der Beisetzung fühlt sich Bettina sehr elend und fürchtet den Trauergottesdienst mit den vielen Menschen, die sie als Trauergemeinde erwartet. Es ist ihr schon klar, dass die Menschen kommen, um Wolfgang die letzte Ehre zu erweisen, um ihre Wertschätzung zu zeigen. Daneben wollen sie Bettina ihre Nähe anbieten, ihr deutlich machen, dass sie in ihrem Leid nicht allein ist. Michèle und Hannah begleiten ihre Mutter bei ihrem schweren Gang.

Und dennoch: In der Kirche angekommen, fühlt sich Bettina wie in einem Tunnel, hat alles um sie herum ausgeblendet. Ihre Augen sind starr auf Wolfgangs Sarg gerichtet, die Trauerfeier zieht wie ein Film an ihr vorbei. Erst beim *Vater Unser* betet sie inniglich und fühlt sich Wolfgang sehr nahe.

Als schließlich der Sarg in die Erde gelassen wird und ein Blumenmeer den Sarg bedeckt, geht sie wortlos mit ihren Töchtern zurück zu ihrem Auto, um nach Hause zu fahren. Sie spürt nur Leere und Hoffnungslosigkeit. Geradezu schlagartig fällt sie in ein tiefes Loch, aus dem sie keinen Ausweg sieht. Dieses Phänomen ist keinesfalls immer der Beginn einer Depression, sondern einfach dieser hochgradig emotionalen Situation geschuldet.

Wenn sie auch in den letzten Jahren mit Wolfgang nicht immer harmonisch zusammengelebt hat, so fließen ihre Tränen dennoch immer wieder, zuweilen sogar unaufhaltsam, leise über ihr Gesicht.

Es quält Bettina in diesen Tagen besonders der Gedanke, dass sie sich in der Vergangenheit zeitweise wünschte, wieder allein zu sein und ohne den Streit, ohne das Schweigen, eben ohne Wolfgang leben zu können.

Jetzt stellt sie fest, dass es ihr gar nicht gut geht mit dem Alleinsein. Wie gern hätte sie sich noch einmal über Wolfgang geärgert! Sie fühlt sich allein gelassen, verraten, zurückgelassen mit einer großen Bürde: dem Leben.

Hatten sie beide vielleicht ihre Unstimmigkeiten überbewertet? Waren diese es wert, sich so auseinanderzuleben? Warum hatten sie nicht häufiger miteinander geredet? Warum hatten alle Gespräche immer mit Vorwürfen geendet? Probleme löst man doch nicht durch Schweigen oder Streiten ...

Bettinas Kopf kommt nicht mehr zur Ruhe, sie sucht sogar Beruhigung in vielen Flaschen Cognac. Er schmeckt für ihr Empfinden ekelhaft, dennoch trinkt sie ihn und isst massenhaft Sahnetorten, obwohl ihr davon eigentlich übel wird. Beides lenkt von dem Schmerz in ihrer Seele ab, gleicht geradezu einer Form von Selbstverletzung.

Bald ist Bettina kaum mehr imstande, ihrer Arbeit im Betrieb nachzugehen. Knut gibt sich größte Mühe, ihre Arbeit aufzufangen, doch da er eher praktisch veranlagt ist und keine besondere Vorliebe für die Arbeit am Computer hat, fällt es ihm sehr schwer, Bettinas Part, den buchhalterischen Bereich, neben seiner Arbeit vollends abzudecken. Ist Bettina in relativ guter Verfassung, dann arbeitet sie pflichtbewusst liegen gebliebene Unterlagen auf, worüber Knut erleichtert ist. Er beobachtet sehr genau ihre Veränderungen und in welchen Abständen sie tatsächlich arbeitsfähig ist. Leider verweigert sie jede professionelle Hilfe von außen, hält ihr Verhalten in der momentanen Situation für angemessen.

Anfangs war sie außerstande, Wolfgangs Schreibtisch und die dazugehörigen Schubladen sowie seinen Computer zu benutzen. Niemand durfte seine Utensilien auf dem Schreibtisch verrücken – alles musste so bleiben, als käme Wolfgang am nächsten Tag wieder zurück. Sie brauchte Wochen, um die Realität zu akzeptieren. Obwohl ihr das mittlerweile gelingt, ist der emotionale Schmerz doch fast unerträglich geworden und führt phasenweise zu physischen Schmerzen wie Migräne, Übelkeit oder Verspannungen.

Es ist eine schwere Zeit, da man diesen Schmerz einfach aushalten muss, bis er sich eines Tages legt. Bildlich gesprochen muss der Schmerz verarbeitet werden und irgendwann den Körper und die Seele verlassen. Knut hat in einem Buch gelesen, dass man Trauernde als Außenstehender in dieser Phase nur mit Zuversicht stärken kann, und dass es wichtig ist, die Trauer zuzulassen. Lässt man sie nicht zu, so kann eine vollständige Emotionslosigkeit daraus resultieren. Die Trauer bleibt jedoch wie in einem Kokon verhüllt bestehen. In dem Buch heißt es weiter, dass die trauernde Person nach erfolgreicher Überwindung dieser Phase aktiv und vorausschauend ins Leben zurückkehren, neue Wege suchen und sich Ziele setzen könne. Sie könne den Blick nach vorn wenden und beginnen, ihr Leben nach eigenem Gusto zu gestalten. Natürlich begleite sie der Blick zurück, doch er dominiere und blockiere nicht mehr ihren Alltag.

Knut nimmt die ihm übertragenen Aufgaben sehr ernst, will um jeden Preis den Betrieb mit seinen Arbeitsplätzen erhalten, jedes betriebswirtschaftliche Risiko minimieren.

Mit viel Geduld und gleichzeitiger Beharrlichkeit schafft er es, dass Bettina schließlich einwilligt, sich in eine stationäre Heilbehandlung zu begeben, in der sie psychologisch betreut wird.

Erstaunlich schnell erhält sie die Zusage ihrer Krankenkasse, sodass diesem Anliegen nichts mehr im Wege steht. Sie beginnt mit drei Wochen in Bad Füssing, die letztlich noch zweimal um jeweils zwei Wochen verlängert werden. Sieben Wochen Behandlung, die tatsächlich den gewünschten Erfolg zeigen: Es geht wieder ohne Cognac und Sahnetorten. Selbst das bis dahin gequälte Lächeln wandelt sich in einen entspannteren Gesichtsausdruck. Sie hat Wolfgangs Tod akzeptiert und den damit verbundenen Schmerz teilweise verarbeitet.

Kapitel 10

Himmelfahrt und damit Wolfgangs Todestag jähren sich zum dritten Mal. Dank der Geduld und Einfühlsamkeit von Knut und der guten Arbeit der Mitarbeiter der Klinik in Bad Füssing hat Bettina ihr Gleichgewicht scheinbar wiedergefunden, kann den Tagesablauf zu ihrer eigenen Zufriedenheit gestalten. Sie hat sich mit ihrer Situation arrangiert und ist scheinbar glücklich mit ihrem jetzigen Leben. Erfolgreich setzt sie sich Ziele: Es gelingt ihr wieder, Bücher zu lesen und Musik zu hören, ohne gedanklich abzuschweifen. Sie erfreut sich sogar an Reiseplänen sowie deren Vorbereitung und Durchführung.

Bettina hat ihren Platz im Leben gefunden, den sie sich niemals wieder streitig machen lassen will. Daher prallen auch jegliche Avancen an ihr ab: In ihrem Leben will sie keinen Mann mehr an ihrer Seite. Sie will unabhängig sein wie nie zuvor, will ihre Freiheiten genießen. Doch vor allem will sie nie wieder den Kummer einer nicht erwiderten Zuneigung oder einer missglückten Beziehung erleben. Sie möchte nicht wieder weinen, ohne ein wenig glücklich gewesen zu sein.

Deshalb braucht sie auch keine Dating-App, schon gar keine Kuppelei, wie Freunde es in guter Absicht vorschlagen. Ihre Welt ist in Ordnung, wie sie ist.

Als äußerst störend empfindet sie deshalb sogar herzliche Umarmungen männlicher Bekannter zur freundlichen Begrüßung, lösen diese bei ihr doch Beklemmung und ein Gefühl der Erstarrung aus.

Bettina hat keine Aversion gegen das männliche Geschlecht; tief in ihrem Herzen hat sie aber Angst: Angst vor Cognac und Sahnetorten.

Sie hat von den behandelnden Therapeuten in Bad Füssing gelernt, dass es sehr wichtig ist, im gegebenen Umstand Trauer zuzulassen, weil – so haben die Ärzte es ihr erklärt – Trauer kein statischer Zustand ist. Vielmehr ist sie ein Prozess, der mehrere

Phasen durchläuft. Verdrängt man sie, so führt sie zwangsläufig zu seelischen Problemen, ja, oft zu Depressionen.

Aber ist Bettina wirklich so gefestigt, so zufrieden, wie sie selbst glaubt und wie es auch allen anderen scheint?

Genaue Betrachter erkennen sehr wohl, dass, wenn Bettina lacht, ihr Gesicht zwar fröhlich erscheint, aber ihre Augen traurig bleiben. Sie haben ihren Glanz verloren ...

Sowohl Knut als auch die Ärzte und Therapeuten der Klinik in Bad Füssing haben Bettina an die Hand genommen, um sie aus ihrer Trauer hinauszubegleiten. Sie haben ihr wieder festen Boden unter ihre Füße gegossen, auf dem sie sicher stehen kann. Doch mehr kann niemand von außen leisten: Das sichere Gehen auf diesem Boden muss Bettina allein schaffen. Sie muss die Eigenverantwortung fühlen und daran arbeiten. Sie muss Wege suchen, damit ihr Lachen irgendwann auch wieder ihre Augen erreicht.

Auch Marie ist sehr besorgt um ihre Freundin Bettina – weiß sie doch um deren fragilen seelischen Zustand. In der BERLINER POST, der örtlichen Tageszeitung, hat Marie von der Einrichtung eines Trauercafés gelesen, das in den Räumen der für Marie zuständigen Kirchengemeinde wöchentlich stattfindet. Marie ist sehr versiert im Umgang mit Computern und so hat sie schnell eine entsprechende Adresse in Kassel herausgefunden und sie Bettina als Link per E-Mail zugeschickt.

Zunächst will sich Bettina nicht mit dieser Einrichtung befassen, ist davon überzeugt, ihre negative emotionale Verfassung im Laufe der Zeit allein bewältigen zu können. Getreu dem Motto „die Zeit heilt alle Wunden" glaubt sie an eine Form der automatischen Selbstheilung. Wer sollte ihr schon helfen können?! Nur die Zeit ...

Marie erkennt jedoch, dass Bettina außerstande ist, ihre Verfassung realistisch einzuschätzen. Deshalb drängt sie Bettina immer wieder, sich zumindest einmal dieses Trauercafé anzuschauen – nur probeweise. Und nach langem Drängen entscheidet sich Bettina tatsächlich, an einer dieser Zusammenkünfte teilzunehmen.

Kapitel 11

Es ist Donnerstag, 15 Uhr. Bettina findet direkt neben der Bonifatiuskirche einen passenden Parkplatz und geht mit einer Mischung aus Skepsis und Erwartung in den Gemeindesaal, wo sie freundlich von einer Mitarbeiterin begrüßt wird. Es ist Karin, eine ausgebildete Trauerbegleiterin, die sie an einen liebevoll geschmückten Tisch führt, an dem bereits zwei Damen und zwei Herren sitzen. Bettina begrüßt sie freundlich und stellt sich namentlich vor. Wenige Minuten später findet die offizielle Begrüßung durch Karin statt. Dabei stellt sie auch ihre Mitstreiter*innen Hanna, Ulla und Klaas vor, die wie sie selbst als Mitglieder des Palliativ-Vereins ehrenamtlich dieses Trauercafé gestalten. Selbst der Pastor der Bonifatiuskirche, Pastor Roding, ist heute zugegen, um die Gespräche seelsorgerisch zu unterstützen. Auch die heutigen Gäste stellen sich kurz vor, da jedes Mal einige neue Besucher den Weg ins Trauercafé finden.

Heute haben sich drei Tischgruppen mit jeweils fünf Personen gebildet. Es wird darauf geachtet, dass an jedem Tisch ein Platz für die Trauerbegleiter zur Verfügung steht, die die Gespräche moderieren.

Bei Kaffee, Tee und leckerem Mandelkuchen, den Ulla selbst gebacken hat, tauschen sich Bettina und ihre Tischnachbarn aus. So erfährt sie, dass Peter seit einem Jahr verwitwet ist und regelmäßig an diesen Sitzungen teilnimmt. Nach längerer Krebserkrankung war seine Frau, mit der er fünfundvierzig Jahre verheiratet war, gestorben. Viele Jahre hatte Peter sie zu Hause gepflegt, bis sie schließlich kurz vor Weihnachten die Augen schloss. Diese endgültige Situation zu begreifen, war ihm naturgemäß sehr schwergefallen, wie er der Gruppe gegenüber berichtet.

Er hatte zwar schnell realisiert, dass er sich fortan allein um alles kümmern musste, doch der Gedanke, fortan ohne Gesprächspartnerin zurechtkommen zu müssen, erdrückte ihn schier. Und diese übermächtige Einsamkeit uferte in ein quälendes Selbstmitleid aus. Trotz der Trauer in seinem Herzen glaubte er, nur mit einer neuen Partnerin diesen Kummer überwinden zu können.

Schon zwei Monate nach dem Ableben seiner Frau meldete er sich deshalb bei einer Partnervermittlung an. Zu seinem Erstaunen war mit dieser Anmeldung eine Bearbeitungsgebühr in Höhe von 3000 Euro fällig. Im Gegenzug wurde in der Kartei der Partnervermittlung nach einer vermeintlich passenden Partnerin gesucht. Maximale Übereinstimmung der Interessen, das passende Lebensalter und noch andere Kriterien sollten das Ziel sein. Es kamen mehrere Dates zustande, die aber den Wunsch nach einem Wiedersehen, nach einer echten Beziehung mit der jeweiligen Person nicht aufkommen ließen. Doch nach etlichen Versuchen erhielt Peter eines Tages eine Nachricht von Susanne: drei Jahre jünger als er, geschieden, berufstätig, ohne Kinder. Auch das beigefügte Bild sprach ihn durchaus an: dunkelhaarig mit grauen Strähnen, Kurzhaarfrisur, ein wenig füllig und mit einem freundlichen Lächeln. Die Einsamkeit dominierte derartig Peters Leben, dass er einem Treffen umgehend zustimmte. Er war sofort angetan von Susanne, die ebenfalls unter Einsamkeit litt. Und die Sehnsucht nach Nähe verdrängte seine Trauer ein wenig, weswegen sie sich fortan regelmäßig verabredeten. Obwohl erst vier Monate seit dem Tod seiner Frau vergangen waren, schien Peters Welt wieder halbwegs in Ordnung zu sein. Doch bereits nach kurzer Zeit stellte er fest, dass Susanne ihm bei der Bewältigung seiner Trauer keine große Hilfe war. Susanne war es dann auch, die ihm empfahl, ein Trauercafé aufzusuchen – und er folgte ihrem Rat. Aufarbeitung statt Verdrängung erlebte er von nun an in diesen regelmäßigen Sitzungen. Peters Verbindung zu Susanne hatte zu Unverständnis und teilweise Ablehnung in seinem Umfeld geführt – als habe er seine verstorbene Frau verraten, als traure er nicht ausreichend um sie. Zu schnell habe er sich getrennt von allem, was ihr gemeinsames Leben ausgemacht hatte, sogar einen Teil der gemeinsamen Möbel habe er ausgetauscht, so der Vorwurf seines Freundes- und

Bekanntenkreises, der – selbstverständlich nur hinter vorgehaltener Hand – geäußert wurde. Und doch zeigte die Tatsache, dass er regelmäßig ins Trauercafé kam, deutlich, dass er seine Trauer keinesfalls bewältigt hatte. Seine Bemühungen bezüglich Susanne und auch das Austauschen der Möbel waren für Peter lediglich der verzweifelte Versuch, seiner inneren Trauer Herr zu werden.

Immer noch sehr still und traurig dreinblickend sitzt Sybille am Tisch. Nur bruchstückhaft berichtet sie über sich, doch der Trauerbegleiterin Ulla gelingt es, sie ins Gespräch zu verwickeln. Schließlich öffnet sich Sybille tatsächlich ein wenig, und Bettina und ihre Tischnachbarn erfahren, dass auch sie heute erstmalig an diesem Treffen teilnimmt. Fast zerbrechlich wirkt Sybille, als sie vom Tod ihres Mannes berichtet, der mittlerweile sechs Jahre zurückliegt. Zwischenzeitlich ist sie von Amts wegen in den Ruhestand versetzt worden: Zu sehr litt sie unter dem Verlust, als dass sie einem geregelten Tagesablauf hätte nachkommen können. Sie gab sich auf, stellte das Essen ein, bis sie schließlich in eine Klinik für psychische Erkrankungen eingeliefert wurde. Sechs Wochen professionelle Hilfe haben zwar ihr Essproblem gemildert, sodass sie seit ihrer Rückkehr wieder regelmäßig isst, doch die Trauer in ihrer Seele bleibt nahezu unangetastet. Schnell stellt sich im Gespräch heraus, dass sie in der Situation von vor sechs Jahren verharrt ist und die Phase des Erkennens und Annehmens der Realität mit all ihrem Schmerz nicht überwunden hat. Peter wie auch die anderen Gesprächsteilnehmer schlagen ihr vor, zum Beispiel ihre Wohnung etwas zu verändern. Beginnen könnte sie mit neuen freundlichen Bildern an der Wand, die sie positiv inspirieren könnten. In kleinen Schritten soll sie lernen, Neues in ihrem Leben zuzulassen. Ein neues Hobby oder Menschen, mit denen sie etwas unternehmen, sich austauschen kann. Für nahezu alle Interessen gibt es Vereine oder einfach Interessengruppen, denen sie sich anschließen könnte. Sybille steht dem Ganzen zunächst abweisend gegenüber, erkennt aber schließlich, dass sie selbst aktiv werden muss, um ihre Trauer anzunehmen und letztlich zu überwinden. Einen ersten Schritt hat sie bereits mit dem Besuch des Trauercafés getan, erfolgreich, wie sie selbst konstatiert. Sie fühlt sich angesichts des gemeinsamen Leides verstanden und nimmt sich die Ratschläge sehr zu Herzen. Als sich die Gruppe nach zwei Stunden schließlich voneinander verabschiedet, verabreden sie sich wohlwollend lächelnd zum nächsten Treffen im Trauercafé.

Monika und Werner, die auch zu dieser Tischgruppe gehören, kommen heute eher beratend zum Einsatz. Sie zeigen deutlich ihre Freude darüber, Peter und Sybille aus ihrem Erfahrungsschatz der vergangenen Trauercafé-Treffen ein wenig unterstützen zu können. Die zunächst verhaltene, dann aber doch dankbare Reaktion auf ihre gut gemeinten Worte bestätigt ihnen, dass sie selbst schon ein gutes Stück weiter heraus aus der Trauer sind. Die beiden sind etwa zeitgleich vor sechs Monaten als Gäste ins Trauercafé gekommen und gehören beide der Kirchengemeinde „Bonifatius" an, in deren Räumen das Trauercafé abgehalten wird. Nach dem Tod ihrer jeweiligen Ehepartner hat Pastor Roding ihnen die Teilnahme am Trauercafé ans Herz gelegt. Er war in seiner Argumentation überzeugend, hatte er doch meistens an den Sitzungen selbst teilgenommen und viele Menschen in ihrer Trauer begleitet. Der Pastor ist vertraut mit allen Facetten der Trauer und so erfahren, dass er recht schnell erkennt, in welcher der vier Phasen des Trauerzyklus sich ein Trauernder befindet. So kann er entsprechend auf ihn eingehen und bildet gemeinsam mit den Trauerbegleitern ein in Trauerfragen versiertes Team.

Als Monika zum ersten Mal zu einem Treffen kam, konnte sie kaum ein Wort sagen und erstickte fast an ihren Tränen, wenn einer der Gäste oder ein Trauerbegleiter sie etwas fragte. Ihr Mann war in scheinbar gesundem Gesundheitszustand plötzlich im Garten ihres Hauses zusammengebrochen, während er fröhlich den Rasen gemäht hatte: letzte Arbeiten, die erledigt werden mussten, bevor sie am folgenden Tag mit ihrem neuen

Camper auf Reisen gehen wollten. Es sollte ihre erste Reise ans Mittelmeer werden, ihr erster dreiwöchiger gemeinsamer Urlaub.

Obwohl Monika ihren Mann sehr schnell auf dem Rasen liegend gefunden und unmittelbar versucht hatte, ihn zu reanimieren, war jede Hilfe zu spät gekommen … Herzversagen mit gerade einmal fünfunddreißig Jahren. Nach nur fünf Jahren Ehe hatte sie ihren Mann innerhalb einer Sekunde verloren, was sie fassungslos zurückließ. Verraten vom Schicksal, alleingelassen von Gott in einer Welt, in der es für sie keine Hoffnung und keine Perspektive mehr gab, befand sie sich in einem tiefen Loch. Sie tat sich unglaublich schwer damit, die Realität anzunehmen, selbst nachdem sie ihn feierlich zu Grabe getragen hatte. Noch immer deckte sie den Tisch stets für sich und ihren verstorbenen Mann, als käme er gleich vom Joggen aus dem Stadtpark zurück. Nach dem Frühstück führte ihr Weg sie dann unvermittelt zum Friedhof – pünktlich um 9 Uhr, als warte ihr Mann dort auf sie. Dieses Ritual war ein Jahr lang unumstößlich und wurde von Freunden und Nachbarn zunehmend misstrauisch beäugt. Glaubten sie zu Beginn noch, Monikas Verhalten entspringe einer tiefgreifenden Trauer, die den besonderen Umständen geschuldet sei, so erkannten sie sehr schnell eine wachsende Depression, ohne wirklich Einfluss nehmen zu können. Monika verschloss sich immer stärker, empfing keine Freunde mehr, besuchte niemanden, lebte gedanklich ausschließlich in der Vergangenheit. Die Gegenwart wie auch die Zukunft waren aus ihrem persönlichen Blickfeld verschwunden. Ihre einzige Kontaktstelle war schließlich nur noch die Kirche, obwohl sie nach dem plötzlichen Tod ihres Mannes sehr mit ihrem Glauben haderte. Auf diesem Weg gelang es nach Jahren, Monika aus ihrer Isolation herauszulocken.

Zunächst war sie jedoch nur noch ein Schatten ihrer selbst, als sie vor sechs Monaten erstmalig ins Trauercafé kam. Seit dem Ableben ihres Mannes konnte sie ihrer Arbeit nicht mehr nachgehen und hatte somit auch ihre tägliche Struktur verloren. Anfangs kümmerte sich noch die eine oder andere Kollegin aus dem Büro um sie. Doch nach wenigen Wochen ließ der

Kontakt nach, denn Monika reagierte weder auf Nachrichten noch auf das Klingeln ihres Telefons. Ja, Monika katapultierte sich ohne jeden Widerstand aus ihrem gewohnten Leben. Im Trauercafé erlebte sie dann aber tatsächlich einen Wandel: Sie konnte reden oder schweigen, wurde nicht permanent mit gut gemeinten Ratschlägen bombardiert. Wenn sie jedoch erzählte, dann fiel es ihr weniger schwer, als sie erwartet hatte. Jeder im Raum hatte den Schmerz des Verlustes erlebt, jeder konnte erahnen, wie sie sich fühlte. Das verband, und so zeigte sie bereits in der dritten Sitzung eine zuvor nicht erwartete Offenheit. Damit erlangte ihre Seele spürbare Erleichterung. Dank dieser neu gewonnenen Verbundenheit ist sie dem Trauercafé seit einem halben Jahr treu geblieben – zusammen mit Werner. Beide empfinden Dankbarkeit wie auch eine gewisse Freude darüber, neuen Gästen in ihrer quälenden Not zur Seite stehen zu können. Aus großem Kummer ist eine Aufgabe erwachsen, die im Gegenzug auch zur besseren Bewältigung ihrer eigenen Trauer beiträgt. So denkt Monika tatsächlich schon manchmal darüber nach, irgendwann wieder stundenweise in die Arbeitswelt zurückzukehren.

Auch Werner ist Witwer. Seit einem Jahr ist er Rentner und vermisst seine Arbeitskollegen doch sehr. Zu Hause fällt ihm die Decke auf den Kopf, und der Verlust seiner Frau vor vier Jahren quält ihn noch immer sehr. Er war stark genug, sich nicht einem betäubenden Laster hinzugeben, obwohl es Momente gegeben hatte, in denen er über die Einnahme von Betäubungsmitteln durchaus nachgedacht hatte. Einmal durchschlafen, einmal einen positiven Traum durchleben, einmal sein scheinbar nicht enden wollendes Elend vergessen ... Doch mittlerweile, nach nunmehr vier Jahren, hat er es geschafft, sich ohne Mühe selbst regelmäßig zu versorgen und dabei sogar einen gewissen Stolz darüber zu empfinden. Sein Leben ist wieder in feste Bahnen geraten, auch wenn der Grundschmerz ihn nicht zu verlassen scheint. Er arrangiert sich mit sich selbst, akzeptiert diese Lebensumstände. Damit hat er die zweite und gleichzeitig schwerste Phase des

Trauerzyklus, die Akzeptanz der Realität, überwunden und ist auf dem Weg, im Rahmen seiner Möglichkeiten neue Wege zu gehen. So wagt er gelegentlich kleine Abstecher nach rechts und links, indem er zum Beispiel neue Rezepte ausprobiert und sich daran erfreut, einmal ins Theater oder ins Konzert zu gehen, um einfach mal „rauszukommen" ... Lange hatte er in seiner Trauer allein sein wollen, nur so hatte er sich tief verbunden und ungestört mit seiner verstorbenen Frau gefühlt. Irgendwann erkannte er jedoch, dass es seine Seele enorm beschwerte, fast täglich ihr Grab aufzusuchen, und so beschloss er, dem Friedhof nur noch einmal pro Woche einen Besuch abzustatten. Im Trauercafé hatten ihn die anderen Gäste darin bestärkt, was er als sehr unterstützend empfunden hatte – ein weiterer Schritt zurück in eine Normalität.

So hat jeder Gast des Trauercafés seine eigene Leidensgeschichte mit ebenso unterschiedlicher Vorgeschichte. Ob eine lange oder kurze Krankheit oder ein völlig unerwarteter, plötzlicher Tod – es eint alle Besucher die Trauer um eine verlorene Person, deren Überwindung ebenso individuell wie unterschiedlich ist. Der Weg zurück in ein normales Leben ist von vielen Komponenten wie beispielsweise der emotionalen Bindung zwischen den Partnern oder der persönlichen Sensibilität abhängig und dennoch bleibt er in den meisten Fällen lang und unwegsam.

In einer Sache sind sich die Besucher und Trauerbegleiter des Trauercafés einig: Es verbietet sich eine Beurteilung der Trauer eines anderen Menschen, die nur übergriffig, anmaßend, ja geradezu unverschämt sein kann, denn Trauer ist ein emotionaler Ausnahmezustand! Und genau dem wird im Trauercafé Rechnung getragen, indem die Besucher in einem ersten Schritt wie in einem Netz aufgefangen werden, aus dem sie sich dann gemeinsam mit der sanften Hilfe der anderen Trauernden befreien können.

Kapitel 12

Die regelmäßigen Besuche im Trauercafé haben Bettina in ihrem Trauerprozess vorangebracht. Mittlerweile trifft sie sich mit ihren Tischnachbarn auch außerhalb des Trauercafés. Nicht immer thematisieren sie dabei ausschließlich ihren Kummer, wenngleich er natürlich noch immer präsent ist. Aber wie die anderen Trauernden hat auch Bettina es geschafft, mit ihrer Trauer zu leben, ihr einen Platz zu geben, ohne dass sie von ihr erdrückt wird. Dabei haben ihr ein paar äußerliche Dinge unterstützend geholfen. Sie hat ihre schwarze Trauerkleidung weitgehend verbannt und durch farbige Kleidungsstücke ersetzt, außerdem hat sie ihren langweilig anmutenden Kurzhaarschnitt vom Friseur korrigieren und durch Strähnen auffrischen lassen. Diese Äußerlichkeiten können zwar keine Trauer vertreiben, aber sie steigern durchaus die Selbstsicherheit. Die Folge davon ist ein selbstbewussteres, ja optimistisch wirkendes Auftreten mit entsprechenden Reaktionen ihres Gegenübers.

Auch in ihrem häuslichen Umfeld hat Bettina auf Anraten von Monika Veränderungen durchgeführt. Im Zuge ihrer ersten Trauerwochen hatte sie ihr Haus mit einer Fülle von Bildern von Wolfgang dekoriert: Bilder mit Wolfgang und Bettina, Bilder von Wolfgang allein, kleine Bilder, große Bilder, Bilder in allen Räumen. Sie vermittelten Bettina das Gefühl von Nähe, von trügerischem Schutz, und den Glauben, Wolfgang wäre omnipräsent und doch nicht greifbar.

Monika und Bettina haben lange über dieses Phänomen gesprochen und beschlossen, bewusst Plätze für Bilder zu suchen, in jedem Falle aber deren Anzahl drastisch zu senken, um der Psyche mehr Ruhe zu geben, die für deren Gesundung wichtig ist.

Am zweiten Adventssonntag verabreden sich Monika und Bettina auf dem Weihnachtsmarkt zu einem Punsch und einer Thüringer Bratwurst. Beide sind eigentlich noch nicht zu

Weihnachtsfreuden bereit, haben sich aber dennoch in diesem Vorhaben bestärkt, um wieder ein weiteres Stück Normalität zuzulassen. Mit einer freundschaftlichen Umarmung begrüßen sie sich am Treffpunkt und schlendern anschließend von Stand zu Stand. Monika liebt Kunst aus dem Erzgebirge. Sie ist in dem beschaulichen Kurort Seiffen in Sachsen geboren und dort mit dem Kunsthandwerk aufgewachsen. Der Anblick der 1779 eingeweihten und im spätbarocken Stil errichteten Kirche, dem Wahrzeichen von Seiffen, erweckt in ihr rege Kindheitserinnerungen. Die schlichte Eleganz mit der besonderen Form eines Achtecks diente früher wie auch heute vielen Künstlern als Vorlage für ihre kunstvollen Holzarbeiten. Mehrere Stände präsentieren diese wunderbare Kunst. Monika freut sich besonders darüber, dass es sich hier tatsächlich um hochwertige Kunst handelt und nicht um die maschinell gestanzten Holzteile, die in ihren Augen nur ein billiger Abklatsch sind.

Bettina gefallen die gestanzten Gegenstände durchaus, weswegen sie Ausschau nach einem in dieser Technik hergestellten Schwibbogen hält. Für Monika ist das inakzeptabel, niemals würde sie gestanzte Gegenstände in ihr Haus lassen – allein aus Lokalpatriotismus und Kennerverständnis.

Sie beschließen, dieses Thema bei einem anständigen Punsch mit einem gehörigen Schuss Amaretto auszudiskutieren. Angesichts der Fülle an Getränkeständen finden sie nach kurzer Zeit einen gemütlichen Stand mit mehreren Sitzplätzen, der sich ihnen geschmackvoll dekoriert darbietet. Eierlikörpunsch, Früchtepunsch, Apfelpunsch, Rotweinpunsch mit oder Alkohol oder doch lieber eine heiße Schokolade? Die Auswahl ist riesig. Glücklicherweise sind die beiden mit dem Bus gekommen, sodass sie ihrem augenblicklichen Appetit uneingeschränkt folgen können. So entscheiden sie sich für Rotweinpunsch mit einem Schuss Amaretto, wie sie es anfangs geplant hatten. Nach wenigen Minuten erhalten sie ihr Heißgetränk und genießen den herrlichen Duft von rotem Wein und Mandel. Sie machen es sich auf der kleinen Bank in der Ecke des Zeltes gemütlich und betrachten ein wenig lästernd das Treiben um sie herum.

„Schau, der junge Mann dort links. Wie viele Becher Punsch mag der wohl schon getrunken haben?"

„Einige werden es wohl sein, schließlich liegt sein Kopf seit Minuten auf dem Tisch. Oder die ältere Dame links, die das Zelt verlassen will. Sie lacht ungebremst und schaukelt Richtung Ausgang. Viel gute Laune umgibt sie. Der Punsch ist an diesem Stand offensichtlich sehr gut und wirkungsvoll."

Bettina und Monika lassen sich von der Stimmung anstecken – mit jedem Schluck Punsch mehr.

Die Frage „Wo ist die nächste Toilette?" beantwortet ihnen der Kellner, als er ihnen den zweiten Punsch serviert: „Zwei Minuten entfernt."

So steht dem weiteren Genuss von allerlei Getränken nichts im Wege.

Während sie auf den dritten Punsch warten, betritt ein älteres Paar turtelnd das Zelt.

Sowohl Bettina als auch Monika zucken zusammen. Diese scheinbare Harmonie haben sie mit dem Tod ihres Ehepartners verloren. Für immer verloren. Niemand hält ihre Hand, niemand lächelt sie zärtlich an, niemand streichelt ihnen liebevoll über die Wange ...

Das Gefühl von Einsamkeit und die Traurigkeit sind sofort wieder präsent. Vergessen ist, dass sie mit ihren Ehemännern schon lange vor deren Tod nicht mehr Händchen gehalten hatten oder gar von ihnen zärtlich angelächelt worden waren. Die gespürte Traurigkeit verwischt die einstige Realität. Ihre Erinnerungen zeigen ihre jeweilige Ehe, wie sie *nicht* war, sie sie aber gerne gehabt hätten. Ein idealisiertes Bild wird gemalt mit den Farben der Trauer.

Glücklicherweise werden ihre dunklen Gedanken unterbrochen, als plötzlich eine junge Frau mit einem Schwibbogen in der Hand suchend das Zelt betritt. Sie geht auf das ältere Paar zu und zeigt ihnen voller Stolz ihre Errungenschaft. Damit erinnern sich Bettina und Monika wieder an ihr Thema, das sie bei einem Punsch besprechen wollten: Schwibbogen gestanzt und billig oder traditionell gesägt und teuer. Echte Handwerks-kunst oder industriell gefertigte Produkte?

Monika vertritt vehement die Erzgebirgskunst, während Bettina noch zu überzeugen ist. Nach dem vierten Punsch erkennt sie dann doch, wie minderwertig die gestanzte Ware ist, und plädiert von nun an für die kunstvolle Version eines Schwibbogens.

Der Punsch zeigt seine Wirkung. Heute werden sie beide besser nichts mehr kaufen und stattdessen am übernächsten Tag zurückkommen und ihre Einkäufe vor dem Punschgenuss erledigen. Glücklicherweise ist die Schlange vor der Damentoilette nur kurz. Während sie warten, sucht Bettina ihr Handy gewohnheitsgemäß am Boden ihrer neuen Handtasche und findet es schließlich in der Seitentasche. Sie traut es sich nicht mehr zu, mit dem Bus nach Hause zu fahren, also ordert sie ein Taxi, das sie und Monika direkt vor die Haustür fahren wird. Noch einmal zur Toilette und dann nichts wie nach Hause auf die Couch! Morgen ist schließlich ein normaler Arbeitstag ...

Kapitel 13

Am nächsten Morgen hat Bettina Mühe, aufzustehen und ins Büro zu fahren. Eine kalte Dusche bringt ihr ein gewisses Maß an Vitalität zurück, für ein Frühstück reicht die Zeit jedoch nicht und auch ihr Magen hat noch etwas dagegen. Also schwingt sie sich mit relativ geringem Elan in ihr Auto und hofft auf einen starken Kaffee in der Firma.

Im Büro angekommen, sinkt sie leicht erschöpft auf ihren Schreibtischstuhl. Welch ein Glück, dass niemand da ist, auch Knut nicht. Selbst das Rouge, das sie mit Marie zusammen in Berlin erstanden hatte, täuscht nicht über ihre Verfassung hinweg: Augenringe ... Ein Concealer wäre hier die Lösung, doch diese Tuben aus dem Maquillage-Depot des Maskenbildners gehören leider nicht zu ihrem Repertoire. Ach, was soll's, Kaffee muss her, starker Kaffee.

Bettina bedenkt jeden Schritt, um Anstrengungen zu vermeiden. Während sie noch ihren persönlichen Schlachtplan aufstellt, öffnet sich leicht quietschend die Tür und der Duft von frischem Kaffee erreicht ihre Nase. Plötzlich steht Knut hinter ihrem Stuhl und legt mit den Worten „Weihnachtsmärkte können sehr anstrengend sein" seine freie Hand auf ihre Schulter. Dabei stellt er Bettina einen Becher wohlduftenden Kaffee auf ihren Schreibtisch und sagt sacht: „Guten Morgen, Bettina."

Geradezu in Sekundenschnelle weicht jede Müdigkeit aus Bettinas Körper, und sie spürt einen scheinbaren warmen Regenguss, der sich über sie ergießt. Sie wagt nicht, sich zu bewegen, schon gar nicht, sich umzudrehen. Bettina genießt diesen Moment, der sie erfreut und gleichzeitig irritiert. Was war das? Ein Fieberschub kann es nicht gewesen sein, schließlich hat sie keinerlei Erkältungs- oder gar Grippesymptome. Und es fühlte sich gut an, sehr gut sogar!

Während Bettina noch Erklärungen für diesen Moment sucht, verlässt Knut leise das Büro. Der starke Kaffee, den er ihr gebracht hat, muss diesen gefühlten, warmen Regenguss ausgelöst und sie von jeder Müdigkeit befreit haben, überlegt Bettina. Körperlich gestärkt und geistig fit macht sie sich an die Arbeit, erledigt alle Vorgänge mit unerwartet positiver Energie. Sie erinnert sich an ihre Cousine Beate, die im Rahmen ihrer Tätigkeit als Vorsitzende einer politischen Partei häufig Vorträge halten musste. Zur Unterstützung ihrer Rhetorik trank Beate stets begleitend starken Kaffee mit der gewünschten Reaktion: einer gewissen Leichtigkeit in ihren Reden.

Bettina ist sich schließlich sicher, dass sie gerade diesen „Beate-Effekt" an sich selbst erlebt hat.

Konzentriert bearbeitet sie sämtliche Akten, die noch im laufenden Jahr abgeschlossen werden müssen, der PC arbeitet nonstop, bis sie zufrieden in die Mittagspause gehen kann.

Der Jahreszeit angemessen, hat Bettina bereits einige Vorräte an Pfeffernüssen, Dominosteinen und Spekulatius in der Büroküche angehäuft. Dazu hat ein Kunde ihnen einen wunderbaren Marzipanstollen geschenkt. Die Mittagspause ist also gerettet. Am Morgen war sie nicht imstande gewesen, Brote mit Käse oder Wurst, garniert mit einem Salatblatt und Petersilie, zuzubereiten. Weder ihr Magen noch die morgendliche Hektik hatten das zugelassen. Doch nun um die Mittagszeit hätte sie schon gerne ein Käsebrötchen gehabt. Während Bettina eine neue Kanne Kaffee für sich und die Mitarbeiter zubereitet, eilt Knut zu ihr in die Küche, um sich nach dem Auftrag des benachbarten Tapetenhändlers zu erkundigen. Bettina wendet sich ihm zu und erstarrt fast, als sie bei Knuts Anblick ungewohnte Emotionen in sich aufkommen spürt. Es ist doch Knut, derselbe Knut, der seit gestern und vorgestern und vorvorgestern, eigentlich seit Jahren hier arbeitet. Vor Bettina steht plötzlich ein scheinbar anderer Knut. „Hat er seinen Bart immer so kurz getragen? Und die Brille – ist die neu? Hat er mich gerade angelächelt?", schießt es Bettina in Sekundenschnelle durch den Kopf. Sie möchte Knut berühren, seine Hand, seinen Arm, einfach seine Haut spüren, aber sie bemüht sich nach Kräften, sich nichts anmerken zu lassen. Es ist doch Knut, ihr treuer Mitarbeiter Knut, dessen Augenfarbe sie nicht einmal kennt.

In ihrer emotionalen Verwirrung fühlt sie sich erleichtert, als Knut ihr zuruft, er müsse überraschend auf die „Baustelle" des Tapetenhändlers, der unweit von ihnen sein Geschäft betreibt. Dieser Terminus stammt schon von Wolfgang, der sich stets als Handwerker sah und die Arbeit vor Ort auf den „Baustellen" besonders liebte.

Bettina murmelt: „Ok", und blickt verschämt und mit roten Wangen auf ihren PC. Die Pubertät, die nun schon mehrere Jahrzehnte verstrichen ist, scheint bei ihr wieder auszubrechen. Hätte sie eine Margeritenblüte zur Hand, so würde sie vermutlich wie einst die Blütenblätter herauszupfen: Er liebt mich, er liebt mich nicht, er liebt mich ... Statt sich auf ihre Arbeit zu konzentrieren, tanzen ihre Gedanken Samba: „Hat er mich eben angelächelt, als er sich verabschiedet hat? Habe ich ein Blinzeln in seinen Augen gesehen? Oder irre ich mich? Bin ich ihm vielleicht doch ebenso gleichgültig wie noch vor Kurzem?" Bettinas Herz schlägt erheblich schneller, als sie es kennt. Sie beschließt, sich nichts anmerken zu lassen. Dabei wartet sie geradezu sehnsüchtig auf Knuts Rückkehr, neugierig darauf herauszufinden, ob etwas geschehen wird.

Kurz vor Feierabend hört Bettina den Firmenwagen aufs Gelände fahren. Erst knallt die Autotür, dann die Eingangstür und Knut, der vor sich hin flucht, stürmt herein: „Wie kann man so unentschlossen sein?! Wie oft sollen wir den Plan denn noch ändern?! Immer das gleiche Spiel: große Wünsche, kleines Budget!"

Knut wirft die Unterlagen auf einen Tisch und verkündet lauthals, sich erst am nächsten Tag wieder mit ihnen befassen zu wollen. Für heute beendet er seine Arbeit, da er noch zu einem italienischen Abendessen eingeladen ist und zu Hause noch einmal duschen will. Bettina zuckt zusammen und schämt sich, den halben Nachmittag pubertäre Gedanken gewälzt zu haben. Sie war doch bislang geradezu stolz darauf, ihr Leben wieder im Griff zu haben. Und Männer haben in ihrer neuen

Welt gar keinen Platz – dachte sie bis jetzt! Trotz ihrer Bemühungen kann sie diesen Stich in ihr Herz nicht verhindern: extra duschen, italienisches Restaurant ... Da muss eine Frau im Spiel sein. Bettina hat Mühe, ihre Anspannung zu verstecken, und versucht, sich selbst davon zu überzeugen, dass Knut sich ihr gegenüber nicht auffällig emotional verhält, sondern wie immer eher neutral. Aber das italienische Abendessen kursiert weiterhin in ihrem Kopf.

Knut verabschiedet sich durch Zuruf und lässt Bettina mit ihrem Gefühl, in einer Achterbahn zu sitzen, zurück. Schnell nimmt sie ihr Tasche, sucht nervös ihre Schlüssel und fährt direkt nach Hause. Dort verordnet sie sich selbst eine Dusche und dann eine große Pizza auf dem Sofa. Dabei will sie den heutigen Krimi im Fernsehen schauen, um anschließend frühzeitig ins Bett zu gehen. Aber es kommt anders als erhofft: Die Dusche tröpfelt nur, die Pizza ist trocken und der Krimi langweilig und ungeeignet, um Ruhe in ihr Gedankenspiel zu bekommen. Gegen Mitternacht schläft sie auf dem Sofa ein und wacht am nächsten Tag wenig ausgeruht und mit Verspannungen in der Schulter auf.

Kapitel 14

Beim Blick in den Spiegel erschrickt sie ein wenig. Schon gestern hatte ein zerknautschtes Gesicht sie verkrampft angeschaut, und heute sieht es keineswegs entspannter aus. Ob wenigstens die Dusche wieder funktioniert? Glücklicherweise ist der Schaden behoben. Zum einen ist sie froh, dass der Defekt damit außerhalb des Hauses liegen muss und sie keinen Handwerker benötigt, zum anderen verspricht sie sich Entspannung durch eine wunderbar warme Dusche, dazu ein Ganzkörperpeeling und eine Maske für das Gesicht zur Glättung der Knautschfalten.

Sie beschließt, Knut eine Nachricht zu schicken: „Komme eine halbe Stunde später. Muss noch eine Reparatur erledigen. Liebe Grüße Bettina."

Dann bemerkt sie eine Nachricht ihrer Tochter Hannah, in der diese sich für den heutigen Abend ankündigt. Ob sie gegen 19 Uhr kommen dürfe?

Ausgeschlafen schafft man viel ... Bettina erscheint aber ein wenig überfordert. Seit Tagen hat sie nicht aufgeräumt und sauber gemacht. Ihr Plan war, am kommenden Wochenende Ordnung zu schaffen und alles weihnachtlich zu dekorieren. Auf keinen Fall darf Hannah sie derartig übermüdet und das Haus so unordentlich sehen, denn Hannah ist zwar stets freundlich, aber wenig empathisch. Sie erwartet von ihrer Mutter, dass sie sich trotz der Umstände nicht gehen lässt. Statt ihr bei der Hausarbeit behilflich zu sein, sieht Bettina sich meistens einem neuen Wortschwall, einer „Gardinenpredigt", ausgesetzt. Grundsätzlich kann sie sich dem entgegenstellen, augenblicklich ist sie aber so mit sich selbst beschäftigt, dass sie Hannah per SMS unter einem Vorwand absagt. Bettina beglückwünscht sich selbst zu diesem für sie ungewöhnlichen Schritt.

Zwei Stunden später verlässt Bettina frisch gestylt, mit geglätteter Gesichtshaut, modisch gekleidet und gut gelaunt das Haus. Seit ihrem Besuch in Berlin hat sie sich nicht mehr so aufmerksam um ihr Äußeres gekümmert. Auf der Fahrt ins Geschäft kreisen ihre Gedanken erneut um Knut. Sie will herausbekommen, was es mit dem italienischen Abendessen auf sich hatte. Wenn er auch müde und leicht zerknautscht aussehen sollte, dann muss er ein Rendezvous mit einer Frau gehabt haben! Bettina spürt Eifersucht in sich aufkommen. Was ist bloß gestern mit ihr geschehen?

Mit der Aufregung eines Teenagers betritt sie das Büro und findet Knut vertieft in seine Arbeit am Schreibtisch vor. Ihr Herzschlag nimmt rasant zu, als Knut den Kopf hebt und sie mit einem Augenzwinkern fragt, ob sie wieder einen starken Kaffee benötige. Dankend nimmt sie sein Angebot an und erschrickt selbst, als sie ihn zudem auffordert, mit ihr eine kleine Pause zu machen. Der italienische Abend ... Bettina fragt ihn direkt, ob er einen netten Abend verbracht habe und wie das Essen gewesen sei – Banalitäten eben. Aber so gelingt es ihr, Knut zum Erzählen zu bringen. Dabei saugt Bettina jedes Wort auf und mustert ihn: Aha, blaue Augen, etwas müde, ein leicht abstehendes Ohr, ein spitzbübisches Lippenspiel – alles erscheint neu, alles erscheint in diesem Augenblick wichtig. Doch das Wichtigste ist für Bettina: keine Frau im Spiel! Knuts Bruder hat anlässlich seines 60. Geburtstags seine Familie zum italienischen Abendessen eingeladen. Bettina verspürt Erleichterung.

Nach dem kurzen Gespräch mit Bettina widmet sich Knut wieder seiner Arbeit. Glücklicherweise gelingt es ihm am heutigen Tag relativ schnell, den Tapetenhändler von einem anderen Modell zu überzeugen. Sie vereinbaren einen Termin vor Ort, und der Kunde zieht zufrieden von dannen.

Knut führt das Geschäft mittlerweile souverän. Er war all die Jahre fachlich kompetent, doch nach Wolfgangs Tod ist er so in die Rolle des Geschäftsführers hineingewachsen, wie es ihm niemand zugetraut hatte. Sehr zufrieden mit dem vorhergehenden Gespräch macht Bettina sich an ihre Arbeit. Es hat sich ein großer Stapel Rechnungen angesammelt, die es noch zu schreiben und zu versenden gilt.

Ihr persönlicher Zustand und die überraschenden Turbulenzen in ihrem Herzen haben sie geringfügig aus der Bahn geworfen. Zum einen spürt sie eine gewisse Euphorie, einen Adrenalinschub, zum anderen lähmt dieses Empfinden sie, ihre Aufgaben gewohnheitsgemäß zügig zu erledigen. Heute, nachdem sie ein Rendezvous von Knut am gestrigen Abend im italienischen Restaurant ausschließen kann, fällt es ihr besonders schwer, sich zu konzentrieren und effektiv zu arbeiten. Ähnlich konfus hatte sie sich nach Wolfgangs Tod gefühlt, wenngleich die Ursachen natürlich vollkommen konträr sind.

Kapitel 15

In den kommenden Wochen muss Bettina sich eingestehen, dass sie eine Schwäche für Knut spürt, und sie ertappt sich selbst dabei, wie sie immer häufiger – teils unbewusst – dessen Nähe sucht, indem sie zum Beispiel Gesprächsbedarf vortäuscht oder die Tür zu ihrem Büro entgegen ihrer Gewohnheit leicht geöffnet lässt, um Knuts Stimme wahrnehmen zu können. Nie hat sie bislang bemerkt, wie kräftig, wie sonor, ja männlich, seine Stimme klingt. Wie mag es sich anfühlen, wenn er ihr zärtlich etwas ins Ohr flüstert? Angesichts dieser Gedanken erschrickt Bettina und schämt sich fast ein wenig. Sie fühlt sich zurückversetzt ins Teenageralter, als sie in ihren Klassenkameraden Sven verliebt war, der ihre Zuneigung aber nicht einmal bemerkt hatte. Offensichtlich sind derartige pubertäre Erscheinungen, wie sie sie momentan erlebt, nicht ans Alter gebunden. Gleichzeitig spürt Bettina die Frage in sich aufkommen, ob sie als Witwe überhaupt zulassen darf, sich neu zu verlieben, wenngleich Wolfgang mittlerweile schon seit Längerem verstorben ist. Sie hat doch eigentlich nach großen emotionalen Schwierigkeiten ihren Weg gefunden, ihren Weg allein und ohne Wolfgang …

Was würde Wolfgang sagen, könnte er sie in dieser Verfassung sehen? Immer war es Bettina gewesen, die eifersüchtig war. So erinnert sie sich an Sarah, Wolfgangs Sekretärin, die er auf Bettinas Drängen entlassen hatte. Bettina war sich damals sicher, dass Wolfgang und Sarah sich liebten und ein Verhältnis hatten – völlig zu Unrecht, wie sie später erkennen musste.

Wolfgang sollte einfach keine andere Frau lieben – der Gedanke war ihr unerträglich: Konkurrenz nicht gestattet. Seit Wolfgangs Tod hat sie den Gedanken, sich irgendwann neu zu verlieben, völlig ausgeschlossen. Ihre Trauer zu bewältigen, war ein schwerer Weg, der Bettina viele Tränen und viel Kraft gekostet hat. Auf keinen Fall wollte sie jemals wieder um einen Partner weinen …

Und nun ist es Winter und ein warmer Regen der Gefühle hüllt sie schützend ein. Bettina sucht immer noch nach Antworten auf die Ereignisse im Büro am Morgen nach ihrem Weihnachtsmarktbesuch, als Knut ihr seine Hand auf die Schulter gelegt hatte. Ohne ihn anzuschauen, hatte sie erstmalig diesen warmen „Regen" erlebt, ein „Regen", der ihr unglaublich guttat und sie gleichzeitig verwirrte. Oder war es doch die liebevolle Stimme, die sie so sehr berührte?

Am heutigen Tag entscheidet Bettina sich spontan, während der Arbeit ein paar Einkäufe zu erledigen, um ihren Kopf freizubekommen. Sie ruft Knut zu, dass sie ein paar Dinge für die Kaffeeküche besorgen wolle und in einer halben Stunde zurück sei. Knut nickt ihr lächelnd zu, und Bettina entscheidet spontan, auch ein neues Parfüm in der Parfümerie um die Ecke zu besorgen.

Wohlparfümiert kehrt Bettina ins Büro zurück. Neben Reinigungsmitteln, Kaffee und Milch hat sie für die spätere Mittagspause zwei Stücke Butterkuchen mitgebracht, um Knut eine Freude zu bereiten.

Als Bettina die Küche betritt, nimmt sich Knut gerade eine Tasse Kaffee und sucht die Packung Milch, die gewöhnlich im Kühlschrank steht. Sie will ihm die neue Packung reichen und spricht ihn deshalb leise an: „Knut!"

Er dreht sich ruhig um: „Ich habe dein Parfüm schon gerochen. Es ist neu, nicht wahr?"

Knut greift nach der Milch, stellt sie neben sich auf den Tisch und nimmt Bettinas Hand: „Es riecht gut, dein Parfüm, Bettina. Und es ist schön, dass du da bist." Bettinas Herz schlägt Purzelbäume und ihre Zweifel sind dahin. Trotzdem fragt sie sich aufgrund ihrer Lebenserfahrung:

Wer wird es wagen, uns diese Liebe nicht zu gönnen?

Wer wird sich das Recht herausnehmen, uns deshalb moralisch abzustrafen?

Wer stellt sich selbst über die Schicksalsmacht, die unser Leben lenkt?

Zweifellos wird es Menschen geben, wahrscheinlich viele Menschen, die sich ein vorschnelles Urteil über sie und ihre Gefühle bilden werden, aber dennoch spürt Bettina die Tiefe ihrer Gefühle und fühlt sich stark genug, jedem Widerstand entgegenzutreten.

Kapitel 16

Bettina und Knut verabreden sich erwartungsvoll und aufgeregt für den Abend zum gemeinsamen Essen beim Italiener. Es gibt so viele Dinge zu besprechen. Es ist sehr lange her, dass Bettina so lange im Bad zugebracht hat, um sich herzurichten: noch eine Maske gegen die kleinen Falten im Gesicht, eine Glanzspülung in ihr Haar, Fingernägel korrigieren, ein wohltuendes Peeling für den Körper, anschließend feuchtigkeitsspendende Body-lotion ... Anderthalb Stunden später steht sie gestylt vor dem großen Spiegel im Hausflur, sehr zufrieden mit dem Ergebnis.

Plötzlich klingelt es an der Haustür. Bettina erschrickt, weil es für das bestellte Taxi noch eine halbe Stunde zu früh ist. Ihre Tochter Hannah steht mit zwei Dönern in der Hand vor ihr und schaut ihre Mutter nahezu sprachlos an: „Mama!"

Schließlich schickt sie hinterher: „Willst du in die Oper ge-hen? Allein?"

Bettina zögert, ihrer Tochter reinen Wein einzuschenken. Sie hält den Zeitpunkt für zu früh. Außerdem rechnet Bettina mit Unverständnis und sogar Vorwürfen ihrer Tochter, die sehr an ihrem Vater hing. Aber eine Ausrede zu finden, ist auch nicht ihr Stil, also fasst sie sich ein Herz und bittet ihre Tochter ins Esszimmer, um ihr in aller Ruhe zu erklären, dass sie eine Ver-abredung im Restaurant habe. Aus allen Poren ihres Körpers fliegen bunte Schmetterlinge, Schmetterlinge der Liebe. Ein Umstand, der Hannah nicht verborgen bleibt:

„Ist es ein Geschäftsessen, Mama?"

„Nein, Hannah, es ist ein Date mit einem Mann. Und wenn du es genau wissen willst: Wir mögen uns sehr."

Hannah erblasst und aus ihr bricht heraus: „Und Papa? Du hast immer gesagt ..."

Bettina bleibt erstaunlich ruhig, unterbricht ihre Tochter aber mit den Worten: „Du bist alt genug, um zu wissen, dass Papa nicht zurückkehren wird. Eine neue Beziehung hat rein gar nichts mit ihm zu tun. Hannah, es muss für mich auch ein Leben nach Papas Tod geben. Ich bitte dich, das zu akzeptieren."

Die Ankunft des Taxis beendet ihr Gespräch. Bettina bietet Hannah an, in Ruhe ihren Döner im Esszimmer aufzuessen. Sie möge danach die Tür hinter sich zuziehen, sie könnten ja am nächsten Tag telefonieren. Hannah nimmt sich ein Glas Wasser und verzichtet auf den Döner. Doch bevor sie das Haus verlässt, ruft sie ihre Schwester Michèle an und berichtet ihr von den Geschehnissen.

Nach dem Tod ihres Vaters hat Hannah eine sehr bevormundende Haltung ihrer Mutter gegenüber eingenommen, was schon häufig zu Querelen mit Michèle, die eher zurückhaltend ist, geführt hat. Beide Töchter sind vollkommen gegensätzlich in ihrem Temperament, in ihrer Denkweise, in ihrer Haltung, in ihrer Toleranzschwelle, in ihrer Trauer. So auch in dieser Angelegenheit.

Während Hannah entsetzt darüber ist, dass ihre Mutter sich offenbar neu verliebt hat, zeigt sich Michèle geradezu erfreut und weist ihre aufgeregte Schwester darauf hin, dass ihr Vater bestimmt sehr froh über diese Entwicklung gewesen wäre. Michèle möchte gerne wissen, wen ihre Mutter da eigentlich datet, aber diese Frage hat Hannah in ihrer Aufregung gar nicht gestellt.

Kapitel 17

Als Bettina beim italienischen Restaurant ankommt, ist sie noch immer betroffen wegen der Kontroverse mit Hannah. Knut erwartet sie bereits und erkennt sofort, dass Bettina bedrückt ist. So viele Monate, so viele Jahre hat er sie in ihrer Trauer gesehen, dass er an ihrer Haltung bereits ihre innere Verfassung zu erkennen vermag. In diesem Moment fragt er sich, ob es Skrupel ihrerseits sein könnten, ob Bettina vielleicht der Mut verlassen haben könnte. Knut entscheidet sich, der Sache so schnell wie möglich auf den Grund zu gehen. Aus taktischen Gründen geleitet er Bettina zunächst mit einem Lächeln an ihren Tisch, nimmt ihren Mantel und bringt ihn zur Garderobe. Aus seinem Augenwinkel heraus beobachtet er dabei Bettina, achtet auf ihre Bewegungen, auf ihre Kopfhaltung. Erst als Knut wieder an den Tisch kommt, hebt sie ihren Kopf und lächelt ihn ein wenig hilfesuchend an. Nur zu gut kennt Knut diese Momente und hat in der Vergangenheit immer darauf reagieren können. So auch jetzt. Er lässt unverzüglich eine Flasche Prosecco kommen und ignoriert dabei bewusst Bettinas Einwand, heute eigentlich nur Wasser trinken zu wollen. Knut kann sehr genau einschätzen, wie er Bettina helfen kann, und er weiß, dass Bettina ihm auch vertraut. „Bettina, im Büro trinken wir Kaffee, aber jetzt sind wir in Italien, nicht wahr? Und in Italien trinkt man den Kaffee nach dem Essen und zuvor den Prosecco!" Verschmitzt lächelt er sie an.

Nach dem ersten Glas Prosecco entspannen sich Bettinas Gesichtszüge, sie ist froh, dass Knut bei ihr ist. Sie sieht ihn an und spürt sehr deutlich, dass sie ihm sagen sollte, warum sie nicht strahlend vor ihm sitzen kann. Knuts Blick, die leicht erhobene rechte Augenbraue, das alles ist ihr so vertraut, dass sie gar nicht lange nach Worten suchen muss. „Hannah, sie hat mir eben eine Szene gemacht, mir ein schlechtes Gewissen einreden wollen."

„Und wie hast du reagiert, Bettina?"

„Ich habe sie gebeten, zu gehen und ihr deutlich gesagt, dass sie mein Verhalten akzeptieren möge. Dann bin ich mit dem Taxi hierhergefahren."

Wortlos greift Knut nach Bettinas Händen und hält sie so lange geduldig fest, bis Bettina ihm wieder ins Gesicht schaut.

„Bettina, du bist eine so kluge Frau. Mit offensichtlich wenigen Worten hast du Hannah in ihre Schranken gewiesen. Zurecht. Denn über dein Leben bestimmst du selbst. Du entscheidest, wem du dein Herz öffnest. Bettina, du bist erwachsen, du hast bewiesen, dass du stark bist und sehr wohl Entscheidungen treffen kannst. Lass dir kein schlechtes Gewissen einreden. Niemand hat das Recht dazu; auch deine Tochter nicht."

Knut sagt, wie es seine Art ist, deutlich seine Meinung und findet dabei wie immer den richtigen Ton. Das allein schon schätzt Bettina an ihm.

Es ist zunächst alles gesagt, deshalb erhebt Knut erneut das Glas und schaut Bettina unmissverständlich und liebevoll an. Schließlich erwidert Bettina seinen Blick.

„Bettina, wir haben uns ein wunderbares Abendessen verdient. Und ich bin sehr froh, dass ich es mit dir zusammen genießen darf! Auf dein Wohl, auf unser Wohl!", flüstert Knut. Und da ist er wieder, der warme Regen, der sich über Bettinas Körper zu ergießen scheint. Bettina fühlt deutlich, dass es richtig ist, was sie tut.

Kapitel 18

Eigentlich hat Bettina unbändigen Appetit auf eine wunderbare Portion Spaghetti mit Scampi und viel Knoblauch. Da sie aber darauf hofft, Knut heute Abend noch näherzukommen, entscheidet sie sich dagegen. Wer möchte schon beim ersten Kuss den Duft von Knoblauch versprühen? Und dringt der Knoblauchgeruch nicht auch aus den Poren der Haut?! Wie es der Zufall will, entscheiden sich beide für das gleiche knoblauchfreie Menü und trinken dazu einen herrlichen italienischen Rotwein. Es ist schließlich ein zauberhafter Abend mit viel Lachen und noch mehr kleinen, zarten Liebesbezeugungen. Nach drei Stunden verlassen sie glücklich das Lokal, und ein Taxi bringt sie nach Hause, in Bettinas Zuhause. Das Bedürfnis nach Plaudern, nach Nähe ist bei beiden gleich stark ausgeprägt. Vergessen sind die Zweifel, sie genießen einander mit nie gekannter Sinnlichkeit und emotionaler Tiefe. Es ist der gemeinsame Beginn einer wunderbaren Liebe.

Es hat kräftig geschneit in der Nacht, doch Bettina und Knut haben davon nichts bemerkt. Erst als sie im Bad den Rollladen hochfahren, bringt der Neuschnee sie zurück ins Hier und Jetzt. Da es bereits 10 Uhr morgens ist, bemüht sich Knut schnell um das Räumen des Fußweges, damit niemand zu Schaden kommt, während Bettina ein leckeres Frühstück vorbereitet. Glückselig machender Alltag …

Gegen Mittag kommt erwartungsgemäß der vermutlich gut gemeinte Kontrollanruf von Hannah. „Alles in Ordnung, Mama? Hat dir der Nachbar beim Schneeschieben geholfen? Brauchst du etwas?"

Nur die Frage, wie es ihr nach dem gestrigen Abend geht, schwebt zwar spürbar im Raum, wird aber nicht gestellt. Hannah scheint auf Entspannungsmodus eingestellt zu sein, was Bettina aber eher verdächtig vorkommt, denn ihre Tochter lässt gewöhnlich nur ihre eigene Meinung gelten. Gemeinsam mit Knut, der Hannah und Michèle ja seit Kindesbeinen kennt, spricht Bettina lange darüber, wie sie weiter vorgehen wollen. Sie entscheiden sich, die beiden Töchter unverfänglich in die Firma zu bitten, wie Bettina es in der Vergangenheit oft getan hat, und sie anschließend zu einem gemeinsamen Abendessen einzuladen. Bis zu dem Zeitpunkt wollen sie sich nicht outen, um auf mögliche Einwände oder sogar Vorwürfe unverzüglich reagieren zu können. Die Töchter haben Knut immer sehr geschätzt, das dürfte die Situation erleichtern.

Tatsächlich kommt es zu dem angestrebten Treffen. Nichts ahnend erreichen die Töchter gegen 17.30 Uhr die Firma. Es steht noch immer im Raum, ob eine der Töchter auf lange Sicht mit in die Firma einsteigt, wie Wolfgang es sich immer gewünscht hatte. Deshalb halten Bettina und Knut sie stets über alles, was in der Firma passiert, auf dem Laufenden. So auch heute. Neu ist allerdings, dass sie gemeinsam zum Essen gehen. Und neu ist auch, dass sie das Abendessen mit einem Glas Prosecco beginnen. Noch bevor die Töchter irgendeine Vermutung äußern könnten, ergreift Bettina das Wort und stellt ihnen Knut als ihren neuen Lebenspartner vor. Sie erklärt ihnen, dass sie ihre Zuneigung ganz plötzlich entdeckt hätten, dass der „warme Regen" sie erfasst und ihr Leben schlagartig verändert habe. Sowohl Bettina als auch Knut zeigen Demut vor ihrem Schicksal, das ihnen ein neues Glück beschert hat, ohne dass sie danach gesucht haben. Ihre Botschaft an die Töchter lautet: Du musst dein Glück sehen und zulassen.

Hannah und Michèle sind sehr verblüfft, doch selbst Hannah wagt nicht, ihren Protest zu artikulieren. Sie bemerkt sehr schnell, dass ihre Mutter und Knut es sehr ernst meinen. „Glücklicherweise kein Fremder", ist Hannahs erster Gedanke. Knut war nie ihr Feind und das wird er auch jetzt nicht werden. Michèle hingegen strahlt vor Freude über diese gute Nachricht. „Ich freue mich sehr für dich, Mama, ich freue mich sehr für euch beide."

Kapitel 19

Bettina und Knut verleben glückliche Tage und wunderschöne Wochen. In zahlreichen Gesprächen haben sie überlegt, wie ihr Leben fortan rein praktisch laufen soll. Eines hat für sie Priorität: Sie wollen ihr Leben genießen, und das bedeutet in der Konsequenz: Sie wollen mehr freie Zeit miteinander verbringen. Deshalb nutzen sie ein weiteres gemeinsames Abendessen mit Hannah und Michèle dazu, ihren Wunsch nach mehr gemeinsamer freier Zeit anzusprechen. Knut übernimmt den Part und bietet Hannah an, einen oder mehrere Tage pro Woche in der Firma zu arbeiten. Michèle möge bitte überlegen, ob sie sich vorstellen könne, ebenfalls in die Firma einzusteigen. Knut erklärt sachlich, aber mit liebevollem Unterton, dass Bettina und er sich langsam aus der Firma herausziehen wollen, um mehr gemeinsame Freizeit miteinander zu haben. „Hannah, könntest du dir vorstellen, den Dienstag und den Freitag im Büro zu übernehmen? Und du, Michèle, siehst du für dich einen Platz im Betrieb, der dich erfüllen würde? Bei deiner kreativen Veranlagung sehe ich dich im Verkauf und in der Planung gut platziert. Wir erwarten von euch absolut keine augenblicklichen Entscheidungen, denn sie würden ja auch eurem Leben eine neue Wendung geben, die ihr gut bedenken müsst. Lasst unsere Vorschläge sacken, durchdenkt sie mit allen Konsequenzen und ... lasst euch Zeit dabei.“

Mit Spannung erwarten Knut und Bettina in den Tagen nach dem Gespräch die Entscheidungen der Töchter. Da das Thema einer Mitarbeit im Betrieb nicht neu für die beiden ist, kommen sie relativ zeitnah zu einer Entscheidung, die da heißt: offizielle Mitarbeit von Hannah und Michèle ab dem 1. April des Jahres.

Bettina und Knut freuen sich unendlich über diese Entscheidung, verschafft sie ihnen doch den Freiraum, den sich beide für ihr gemeinsames Leben erhofft haben. Ihr Leben ist fortan mit bunten Facetten versehen. Neben der gemeinsamen verbleibenden Arbeit im Geschäft erfreuen sie sich an Aktivitäten in Haus und Garten, gehen ins Theater, laden zuweilen Freunde ein, die sie dann liebevoll bekochen. Dabei bevorzugen sie die mediterrane, gerne die italienische Küche in Erinnerung an den Beginn ihres gemeinsamen Lebens. Schließlich gehen sie auch gerne auf Reisen: Sonne tanken auf der Blumeninsel Madeira steht dabei ebenso auf dem Programm wie Sightseeing in Prag, der „Stadt der hundert Türme". Sogar bis nach Island mit seinen spektakulären Vulkanen und Thermalquellen verschlägt es sie. Doch die wohl schönste Reise führt die beiden nach Rügen, zu Bettinas Sehnsuchtsort. Zwischen rauschenden Ostseewellen, imposanten Kreidefelsen und weitläufigen Wiesen verbringen sie zwei herrlich unbeschwerte Wochen, und fortan lautet ihr Plan, mindestens einmal im Jahr nach Rügen zu reisen und dort auf den Spuren von Bettinas Oma zu wandeln. Schließlich war es Oma Erna, die immer sagte: „Kind, du musst dein Glück sehen und zulassen ..."

FÜR AUTOREN A HEART FOR AUTHORS À L'ÉCOUTE DES AUTEURS MIA ΚΑΡΔΙΑ ΓΙΑ ΣΥΓΓ
ΑΡΤΑ FOR FÖRFATTARE UN CORAZÓN POR LOS AUTORES YAZARLARIMIZA GÖNÜL VERELIM SZ
PER AUTOR(ET HJERTE FOR FORFATTERE EEN HART VOOR SCHRIJVERS TEMOS OS AUTC
SERCE DLA AUTORÓW EIN HERZ FÜR AUTOREN A HEART FOR AUTHORS À L'ÉCOL
ΑΟ ВСЕЙ ДУШОЙ К АВТОРАМ ETT HJÄRTA FÖR FÖRFATTARE À LA ESCUCHA DE LOS AUTOI
MIA ΚΑΡΔΙΑ ΓΙΑ ΣΥΓΓΡΑΦΕΙΣ UN CUORE PER AUTORI ET HJERTE FOR FORFATTERE EEN
ÖINKÉRT SERCE DLA AUTORÓW EIN HERZ FÜ
ΑΟ ВСЕЙ ДУШОЙ К АВТОРАМ ETT HJÄRTA FÖ

Die Autorin

Birgit Clemens, geb. Endruhn, ist 1951 in Timmendorfer Strand geboren und hat in Freiburg im Breisgau sowie später in Kiel Romanistik und Geografie studiert. Nach dem Examen war sie 45 Jahre lang als engagierte Lehrerin in einer weiterführenden Schule tätig, wo sie psychologische Fertigkeiten erlernte, und übernahm die Leitung des DAZ-Zentrums in Bad Schwartau. Sie hat eine Tochter.

2019 verstarb ihr Ehemann nach langer Krankheit, den sie über viele Jahre bis zu seinem Tod begleitet hatte. Als Clemens 4 Jahre später auf ihr Flugticket nach Südamerika wartete, um dort im Rahmen der Entwicklungshilfe zu arbeiten, lernte sie ihren zukünftigen Partner kennen, wegen dem sich ganz unerwartet ein „warmer Regen im Winter" über sie ergoss. Wenn sie nicht gerade Romane schreibt, reist und tanzt sie unheimlich gerne oder hört Musik. Heute lebt die Autorin glücklich mit ihrem Partner an der Ostsee. Warmer Regen im Winter ist ihr Debütroman.

novum ▲ VERLAG FÜR NEUAUTOREN

Der Verlag

Wer aufhört
besser zu werden,
hat aufgehört
gut zu sein!

Basierend auf diesem Motto ist es dem novum Verlag ein Anliegen, neue Manuskripte aufzuspüren, zu veröffentlichen und deren Autoren langfristig zu fördern. Mittlerweile gilt der 1997 gegründete und mehrfach prämierte Verlag als Spezialist für Neuautoren in Deutschland, Österreich und der Schweiz.

Für jedes neue Manuskript wird innerhalb weniger Wochen eine kostenfreie, unverbindliche Lektorats-Prüfung erstellt.

Weitere Informationen zum Verlag und seinen Büchern finden Sie im Internet unter:

www.novumverlag.com

novum VERLAG FÜR NEUAUTOREN

Bewerten
Sie dieses Buch
auf unserer
Homepage!

w w w . n o v u m v e r l a g . c o m